俳句と人間

長谷川　櫂
Kai Hasegawa

岩波新書
1911

はじめに

いったん人間に生まれてしまったからには必ず死ななければならない。これがいつの時代も変わらない人間の定めである。しかし若いうちは命の歓びに目がくらんで目の前の鉄則が見えない。うららかな春の日が永遠につづくと思いこんでいる。

しかしあるとき人間は自分の命もやがて終わることに気づくのだ。これまで生きた人々と同じように自分もいつかは死ぬということに。二〇一八年(平成三十年)、皮膚癌が見つかったのは私にとって、その「あるとき」だった。

その翌年冬、人類を襲ったコロナウイルスの猛威によって、この「あるとき」は今や誰にとっても日常のものとなってしまった。ペストに怯えた中世の人々の「メメント・モリ」(死を忘れるな)のつぶやきが、やがて時代全体を覆う大合唱となっていったように。

さて人間の世界では、人はどのように生きたかによって、どのような死を迎えるかが決まると思われている。しかしそれは一見もっともだが、あらためて考えてみるとおかしなことではないか。

むしろどのように死にたいと思うかによってどう生きるかが決まる。たとえば堂々と死に立ち向かおうとすれば、堂々と生きることになる。そのためにはあらゆる偏見と恐怖を捨てて、自分が生きている世界のありのままの姿を見ておかなくてはならないだろう。かのローマ人のように。

俳句と人間　目次

第一章　癌になって考えたこと

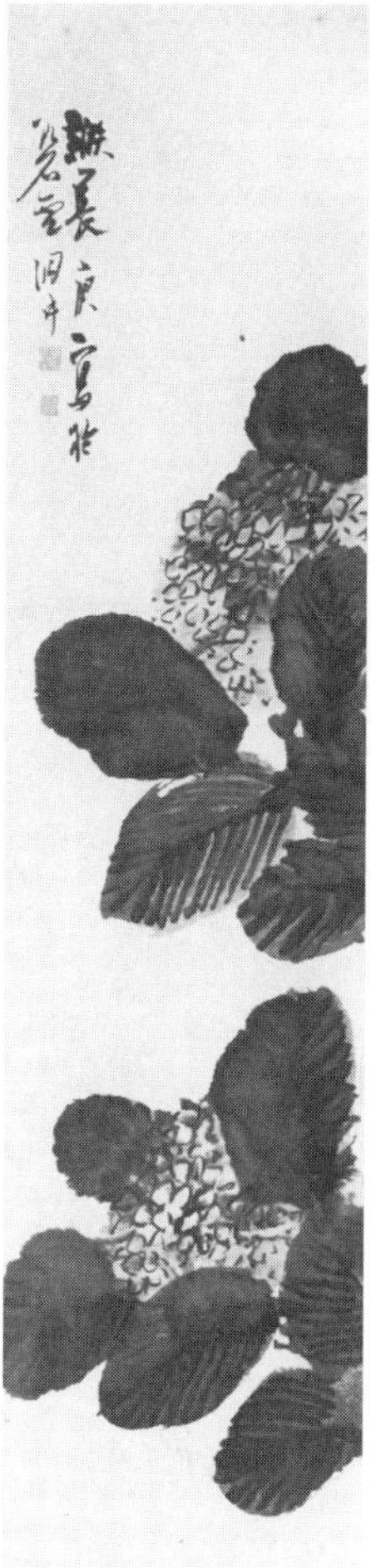

蕪村《紫陽花図》

1

二〇一八年(平成三十年)は惨憺たる年だった。

はじまりはささいなことだった。ふと気がつくと右太腿《みぎふともも》の外側に小さな突起ができていた。春のことである。

はじめは気にかけていなかったが、しだいに盛り上がってきて着替えやシャワーのとき、つい目がゆく。よくよく観察すると、海坊主がぬっと海から頭を出したようで、てっぺんが赤黒い。嘲笑っているような悪意あるものにも見える。

しばらく放っておいたが、前々から家内が慶應病院の皮膚科に通っていたので同じ日に診てもらうことになった。

「問題はないと思いますが、念のため摘出して検査しましょう」

指で押したり拡大鏡で覗いたりしていた若い大内健嗣医師はそういった。あとで知ったことだが、大内先生は金子兜太の担当医だった人である。

ここから回りくどくなるのだが、今後の話にかかわってくるので書いておきたい。二〇一〇年の梅雨時だったか、毎週金曜日に開かれる朝日俳壇の選句会にゆくと、金子さんの左手首から甲にかけて皮膚が赤く爛《ただ》れている。包帯はしているものの、数千枚の投句葉書をめくるのだから、ゆるんだ間から患部がのぞいて痛々しい。同じような赤い水疱が脚や胸にも広がっているらしい。

金子さんは「知り合いの医者に診《み》てもらっているんだが、病名もはっきりしない。お手上げの状態だ」と気のせいか寂しげにいう。慰めようもなく「熊本の皮膚科の名医を知っていますので、必要なときはおっしゃってください」といった。熊本は私の故郷である。

忘れていたころに家の電話が鳴った。「この前のお医者さんを紹介してもらえないか。熊本まで出かけたい」と受話器の奥から金子さんの真剣な声が聞こえた。金子さんはこのとき九十歳だった。

私が「皮膚科の名医」といったのは当時、熊本保健科学大学学長だった小野友道先生のことである。早速、小野先生に手紙を書いて電話で相談すると、先生は「私が診てさしあげてもいいが、熊本まで来られるのは大変でしょう。慶應病院に名医がおられるので紹介状を書いておきます」ということだった。この「慶應病院の名医」が天谷《あまがい》雅行教授だった。

天谷先生の診断では金子さんの皮膚病は「類天疱瘡《るいてんぽうそう》」という聞きなれない病気だった。高齢者がかかりやすい免疫病で痒《かゆ》みのある赤い斑点を放っておくと、水膨れが広がって皮膚が崩れ、悪くすれば死に至る難病なのだという。

早速、天谷先生の治療がはじまり、金子さんの類天疱瘡は快方へ向かいはじめた。その直接の担当医として金子さんの治療に当たったのが大内先生だった。

さて私は二〇一八年六月末、大内先生の指示で別の執刀医によって右太腿の突起の切除手術を受けた。肉片はすみやかに病理検査に回された。

2

この年の夏は記録的な猛暑だった。梅雨明けとともに炎天がつづき、街に出るとたちまち炎のような熱風に包まれる。

切除手術からひと月近くたった七月下旬、精密検査の結果を聞きに家内と病院に行った。まだ午前中というのに信濃町駅から慶應病院へ渡る横断歩道の、そして明治神宮外苑の森を越えて建設中のオリンピック・スタジアムへつづく青空の何とまぶしく輝いていたことか。

私は診察室に入るまで、不覚にも「異常なし」といわれるものと思いこんでいた。ところが大内先生の口から出たのは想像もしない言葉だった。

「皮膚癌でした。……もう一度、患部のまわりをきれいに切除しましょう。その前にPET検査を受けてください。転移が見つかれば、化学治療や放射線治療をすることになります」

二日後にPET検査、一週間後に複数の医師による総合診断という予定がすぐ決まった。総合診断で再手術と治療方針が話し合われる。

素人知識を披露すると、PET検査は癌発見の最新技術らしい。癌の患部は従来のレントゲン写真やCT検査では正確にとらえにくい。そこでPET検査は目印となる放射性物質を体内に注入し、癌細胞に吸収させて癌を探り出す。

細かくいえば癌細胞はブドウ糖が大好きなので、ブドウ糖に似た検査薬に放射性物質を仕込んで注射すると癌細胞に検査薬が集中する。こうして全身をPETカメラで撮影すると、癌患部に取り込まれた検査薬から出る放射線で癌が赤く炙り出されるのである。

CT検査と同じ狭いベッドに横になって白い百合の花のようなトンネルを出たり入ったりしながら撮影する。後日、私のPET画像を見せてもらったが、それは静寂をたたえた感動的な(!)画像だった。闇の中で人体が青く発光し、脳と腎臓だけが赤く染まっていた。どちらもブドウ糖が集中する臓器らしい。発光する深海生物のようでもあり、宇宙の彼方に浮かぶ星雲のようでもある。

総合診断の日、パンツ一枚になって診察室のベッドの端に腰掛けていると、白いカーテンの隙間から医師たちが次々に入ってきて、右太腿の患部に顔を近づけたり触ったり質問したりして、また白いカーテンの外へ消えてゆく。

男女二十人ばかりだったろうか。終わり近くに天谷先生が現われたので、思わず立ち上がって（パンツ一丁なのだから、なかなか変な格好である）、「金子兜太さんのときはありがとうございました」というと、「やあ、あなたでしたか。……（皮膚癌が）また見つかっても取れば大丈夫ですよ」といわれた。

PET検査で転移は見つからなかった。医師たちの総合診断の結果、八月八日に念のための再切除、半年後の一月に二度目のPET検査をすることが大内先生から告げられた。

再手術は患部を一回目より大きく切除し、内部と表面の二層で縫い合わせる。縫合直後の傷跡は鬼の口を黒い糸で縫って塞いだように見えた。ところが、傷口の中心部分が異物の糸に反応したのか、いつまでも腫れが引かないので、今年（二〇一九年）三度目の切除を受け、肉片は病理検査に回された。

二度目のPET検査も三度目の病理検査も結果はどちらも陰性。ただ大内先生によると「診断がまだ確定していない状態」であり、完治ではないらしい。来年(二〇二〇年)一月に三度目のPET検査を受けることになっている。鬼の口のようだった手術の痕跡は、しだいに肉の奥へ消えてゆきつつある。

3

二〇一八年七月に皮膚癌と判明したときは自分でも驚くほど冷静だった。驚くほど、というのは癌にかぎらず深刻な病気とわかれば、ふつう誰でも驚くものと思っていたからである。すぐ思い浮かぶのは正岡子規である。

日清戦争(一八九四―九五年)の末期、新聞「日本」の記者だった子規は周囲の反対を押し切り、従軍記者の一団に混じって中国大陸、旅順《りょじゅん》に渡った。同じ世代の若者たちが戦場で命をかけて戦っているのに、自分一人、病気とはいえ何もせずにはいられない。明治二十八年(一八九五年)四月、満二十七歳のときだった。

ところが往復の船や戦場でのひどい待遇のせいで、帰りの船中で大喀血し病状は一気に悪化する。翌年三月、医師の診断で脊椎カリエスと判明した。脊椎カリエスは肺にとりついた結核菌が全身とくに背骨、脊椎を侵す結核の末期的段階である。当時は死病だった。
そのときの心境を子規は郷里松山の高浜虚子への手紙にこうつづっている。

余は驚きたり〔中略〕医師に対していふべき言葉の五秒間おくれたるなり

（虚子宛ての手紙）

しかし皮膚癌になってみると、「医師に対していふべき言葉の五秒間おくれたるなり」という子規の言葉が私には嘘っぽい演技のように思える。

人も生き物である以上、いつかは死ぬ。ただ漠然とそう思っていた死という人生の期限が、癌の宣告でいくらかはっきりしたくらいのことである。やれやれ、人生には思いも寄らぬハプニングが用意されているものだ。そうならば人生の最後まで見届けねばならない。

最後まで見届けるというのは、癌患者である自分に最後の瞬間まで寄り添うということである。俳人にとって世界で起こるすべては、自分自身や家族や友だちのことであれ、俳句の素材にすぎない。人生のある時期から、そう思って生きてきたのだし、これからもそうして生きてゆくだろう。

たしかに子規と私では状況が違いすぎる。病気の正体が判明したとき、子規は若いさかりの二十八歳、私はすでに六十四歳。それに子規は脊椎カリエス、私は癌といっても皮膚癌。こうした明らかな違いのほか明治と現代という時代の違いもあるのではないだろうか。

まぶしい七月のあの日、癌を宣告されたことは死そして生について、あらためて考える絶好の時間を私にもたらしたのである。

しんかんとわが身に一つ蟻地獄　　櫂

4

明治二十九年(一八九六年)春、二十八歳の正岡子規は脊椎カリエスの宣告を受けた。そのときの動揺を弟分の高浜虚子に送った手紙に書き残した。今度は少し長く引用してみたい。

僂麻質斯《リウマチス》にあらぬことは僕も略〻《ほぼほぼ》仮定し居たり　今更驚くべきわけもなし　たとひ地裂け山摧《くだ》くとも驚かぬ覚悟を極め居たり　今更風声鶴唳《ふうせいかくれい》に驚くべきわけもなし　然れども余は

驚きたり　驚きたりとて心蔵の鼓動を感ずる迠《まで》に驚きたるにはあらず　医師に対していふべき言葉の五秒間おくれたるなり
（三月十七日、虚子宛ての手紙）

最晩年の六年に及ぶ「病牀六尺」生活、その発端となった瞬間である。このときの子規の心情に、十年前『子規の宇宙』を書いたときは素直に共感した。しかし自分が癌の宣告を受けてから読み返すと、レトリックを駆使した子規の演技の臭いがぷんぷんする。

虚子宛ての手紙の本文は『子規全集』（講談社）ではわずか三行。内容も簡単な挨拶である。ここに引用した文章は「別紙」として手紙に同封されていた。全集で三ページに及ぶ。このことからわかるように「別紙」は子規が後世に残す作品として書いたものだった。役者の演技のように見えるのはそのせいだろう。

子規はなぜ演技したか。何が演技させたのか、演技の舞台を用意したのは何だったのか。子規は自分でも気づかずにその正体を「別紙」で明かしている。

世間野心多き者多し　然れども余《わ》レ程野心多きはあらじ　世間大望を抱きたるまゝにて地下に葬らるゝ者多し　されども余レ程の大望を抱きて地下に逝く者ハあらじ

ここに書かれた野心、大望とは何か。先に明かせば、子規の野心と大望の背後に控えていたものこそ明治の空気、国家主義だった。

人間はみなその時代の空気の中で生きている。時代の空気とはその時代の人々が当たり前と思っていること、自覚しないまま思考や行動を支配されているもののことである。時代共通の意識であるから時代意識、自覚しないのだから時代の無意識と呼んでもいい。

その時代の空気を知らないかぎり、その時代も人々の姿も見えてこないだろう。ところが困ったことに時代の空気は時代とともに消え失せる。記録や記念物が残されるだけだ。後世の人々はそれを歴史と呼ぶが、当時も現代と同じ空気が流れていたと勘違いしてしまう。

歴史とは記録や記念物をただ並べたものではなく、そこから蘇る時代の空気のことである。図書館、博物館、美術館、文学館などの人類の記憶装置はそのためにある。

5

では現代の空気はどんなものなのか。

ある苦い記憶がある。

囀《さえず》りや子どもが道に倒れゐて　　　　櫂

三十年前の四月のある夜、当時、勤めていた読売新聞社から帰宅すると小学二年生になったばかりの七歳の長男が頭に包帯を巻いて寝かされていた。その日の放課後、自宅近くの横断歩道を渡っていて突然、白いスカイラインにはねられたのだ。

車を運転していた大学生は「ボンネットに当たって倒れた」と警察に言い訳しているらしい。ところが、あとになって長男は横断歩道から三十メートルもはね飛ばされたことがわかった。たまたまマンションのベランダから見ていた人の話では、道に投げ出された長男の頭から血が流れて、しだいにアスファルトの上に広がっていった。病院での精密検査の結果、視野が二重になっていることがわかった。

〈なぜぼくは道に倒れているんだろう。ひび割れた頭から血があふれて、シャツや体を濡らしてゆく……〉。

今も夜、道に倒れている見知らぬ子どもの夢を見ることがある。親というものは子どもを幸福にする責任がある。それをしくじれば一生、負い目を背負いつづける。私たちの場合、長男の交通事故で夫婦の間はギクシャクし、三つ下の妹は熱を出してしまった。

何日かして警察署に呼ばれて話を聞かれた。若い警官はメモをとりながら、「ふだんどんな注意をしてたんですか」「横断歩道は気をつけて渡るよう言ってたんですか」と、はねられたほうが悪いとでもいうように問いただす。横断歩道を渡っていてなぜ責められるのか。その理由がそのときはわからなかった。

長男をはねた二十一歳の大学生は姉との待ち合わせに急いでいたらしい。本人の謝罪もなく両親も姿を見せない。地検には「厳罰をお願いします」と頼んだが、起訴したのか、どんな処罰が下されたのか、三十年間、何の連絡もない。幸いにも長男は少しずつ快復していった。

春昼の死の手より子を奪ひとる　　　　櫂

今年(二〇一九年)春、悲惨な交通事故が東京で起きた。四月十九日の真昼、池袋駅前の大通りを白いプリウスが暴走して横断歩道の歩行者を次々にはねた。運転していたのは元通産省幹部の八十七歳の男性だった。自転車に乗っていた母親と三歳の娘が死亡し、加害者とその妻を含め十人が重軽傷を負った。

妻と娘を亡くした男性はその日の朝、二人に見送られて家を出たのに昼には一人、この世界に置き去りにされていた。一つの家族が一瞬で破壊された。

妻子を奪われた男性がネットではじめた加害者への厳罰を求める署名運動に四十万人近い署名が寄せられ、東京地検に提出された。高齢者の運転免許証返納も増えているそうだ。しかし国として、あるいは社会全体として交通事故の厳罰化、高齢者の運転制限に向かう大きな動きにはまだなっていない。

6

交通事故の刑罰はなぜこうも軽いのか。理由を考えると、気の滅入りそうな現代社会の構造が浮かび上がる。まず自動車業界が嫌がるだろう。ことに高齢化が進み、若者の自動車離れが進む今、裕福な高齢者は自動車業界にとって大事な顧客である。高齢者の運転を制限すれば、その顧客を失うことになる。政治家も同じだろう。車を運転する高齢者の反感を買って票を逃したくない。

それどころか自動車業界や政治家だけでなく、国民も憤りながらじつは加害者の側に加担しているのではないか。もし高齢者の運転を制限して自動車の売れ行きが落ちれば、日本の景気の足を引っ張ることになる。パイが小さくなれば一人一人の分け前が減ってしまう。危険と知りながら、車の安全機能を高めれば大丈夫、地方では車が必要など何やかや理由をつけて高齢者の運転を正当化する。

カネのためなら人の命を多少犠牲にしてもしかたない。誰も意識していないかもしれないが、これが現代の空気なのではないだろうか。

子規が生きた明治は国家主義の時代だった。天皇から庶民にいたるまで誰もが国家建設の役に立つ人間「有為《ゆうい》の人」になることを求められた。そして天皇も庶民もそれに応えて「有為の人」になろうと努力した。

国家という理想が日本列島の空に二つ目の太陽のように輝いていた。誰もがそれを異常とも不思議とさえ思わず、当たり前のような顔をして暮らしていた。これが子規が生きた明治の空気だった。「国のために生きる」という明治の国家主義が、やがて「国のために死ぬ」という昭和の国粋主義に変質してゆくのだが、これはまたあとの話である。

経済にしても同様である。会社も商店も経済活動は単なる利潤追求、金儲けであってはならず、儲けたお金は国家の役に立つものでなければならなかった。国家建設という理想あってこその経済活動だった。

日本の資本主義の父、渋沢栄一(一八四〇―一九三一)は「国家必要の事業」という。第一国立銀行(現みずほ銀行)をはじめ、設立と経営にかかわった多くの企業は渋沢にとってみな「国家必要の事業」だった。

昭和二十年(一九四五年)の敗戦で日本は明治以来の国家主義を捨てた。戦後社会は国家に代わる新しい理想を見出そうとしたが、ついにそれができなかった。その結果、理想によって手綱をさばかれるはずの経済が、戦後は野放しになってしまった。経済といえば聞こえはいいが、要するにカネである。今の日本は戦争に懲りて何よりも命が大事と口ではいいながら、じつはカネの前には命も差し出す、そんな国に成り果てているのではないか。

子規の話に戻ろう。国家主義という明治の空気。これがわからなければ、子規の俳句も文章もわからないだろう。

病床の我に露ちる思ひあり　　子規

明治三十五年(一九〇二年)秋、死を目前にした句である。二年後には日露戦争が勃発する。この句には「丁堂和尚より南岳の百花画巻をもらひて朝夕手を放さず」という前書きがあるが、これに惑わされてはいけない。日本の役に立ちたいという大望を抱いているのに、病気のせいでそれができない。これが子規のやむにやまれぬ「露ちる思ひ」だった。

7

正岡子規は国家主義という明治の空気の中で生きていた。

二〇一七年(平成二十九年)春、神奈川近代文学館の「正岡子規展」の編集委員を務めたとき、展示の方針にしたのも子規が生きた明治の空気を蘇らせることだった。それまで子規といえば病床に寝たきりのまま文学で数々の業績をあげた「健気な子規像」しかなかった。

ではなぜ明治は国家主義の時代になったのか。江戸幕府がみずから鎖国を破って世界に門戸を開いた十九世紀が帝国主義の時代だったからである。

産業革命後、ヨーロッパやアメリカの列強諸国は工業原料と商品市場を求めて世界中に植民地を開拓していった。日本が開国した十九世紀半ば、その猛威はユーラシア大陸の東の果てにまで及び、大国中国もアヘン戦争(一八四〇—四二年)でイギリスに敗れ、列強に蚕食されはじめていた。

今や列強の狩場となった東アジアの小さな島国が外国の植民地とならず独立国として生き残る道は、天皇から庶民まで一丸となって国家建設の役に立つ「有為の人」になるしかなかった。海外に対する帝国主義は国内での国家主義を生み出す。帝国主義と国家主義はコインの表と裏だった。

子規は慶應三年(一八六七年)九月、伊予松山藩士の家に生まれた。翌四年九月に元号が明治に改まるから、子規の満年齢は明治の年数と一致する。まさに「明治の子」だった。いいかえれば、生まれたときから国家主義という明治の空気の中で育てられた人である。

子規は子どものころ、政治家になって明治の新国家建設に役立ちたいと夢みた。しかし賊藩の子弟であり、何よりも病弱な体がそれを許さなかった。そこで子規は文学の世界で「有為の人」となり、国家建設のために働こうと決意する。子規の業績とされるものはみな子規のこの悲願から生まれた。

子規はまず俳句大衆のために「写生」という誰でもできる方法を唱える。それは西洋絵画のデッサンを日本風に焼き直したものであり、西洋文明を進んで吸収せよという明治政府の文明開化政策の波に乗ったものだった。

晩年、短歌の革新に乗り出した子規は和歌の聖典とされてきた『古今和歌集』をこき下ろし、『万葉集』を賛美する。

貫之は下手な歌よみにて古今集はくだらぬ集に有之候《これありそうろう》。（「再び歌よみに与ふる書」）

新聞「日本」に連載した「再び歌よみに与ふる書」（明治三十一年、一八九八年）の冒頭で引きずり出される紀貫之は『古今和歌集』撰者の筆頭である。明治維新は文化大革命だった。じつはこれにも裏がある。明治政府は新時代の天皇親政のモデルをヨーロッパの王国だけでなく、日本の過去の政治形態にも求めた。ところが平安時代は摂関家の藤原氏が、鎌倉時代以降は武家の幕府が政治を牛耳ってきた。やっと探し出したのが奈良時代の聖武天皇時代の政府だった。

子規は明治政府の大方針と足並みを揃えるように平安時代の『古今和歌集』をけなし、奈良時代の『万葉集』をほめたたえたのだ。子規にとってそれが文学の世界で新国家建設の役に立つ「有為の人」となることだった。

8

元号が明治に改まる半年前の慶応四年(一八六八年)三月、十六歳の明治天皇が発表した新国家の施政方針「五箇条の御誓文」には「官武一途庶民ニ至ル迄、各《おのおの》其志ヲ遂ゲ、人心ヲシテ倦《う》マザラシメン事ヲ要ス」の一条がある。

敗戦の翌年昭和二十一年(一九四六年)、首相の吉田茂は国会でこれを引き合いに出して日本はもともと民主主義の国だったかのような答弁をした。私は大学時代、憲法の講義で「戦後の個人主義を先取りした開明的な思想である」という解説を聞いた記憶がある。しかしどちらも国家主義という明治の空気を無視した、歴史の戦後的な塗り替えだろう。

個人の能力の総計が国力なら、個人は国家のためにあった。「御誓文」は戦後の個人主義の先取りでも、日本が昔から民主主義の国だったわけでもない。日本が列強に立ち向かうには日本人はみな「有為の人」にならなければならないという国家主義の高らかな宣言だった。

明治の群像小説『坂の上の雲』を書いた司馬遼太郎もそこを見落としていたのではなかったか。司馬は明治の指導者たちを主人公にした数々の小説を書いた。広く知られた国民作家であり、著作で展開される「司馬史観」は実際の歴史のように思われてもいる。

しかし「司馬史観」には盲点がある。司馬は開明的な明治の指導者たちを手放しで賛美したために、彼らが呼吸していた明治の空気、彼らを動かしていた国家主義という空気が見えなかった、あるいは過小評価していたのではないか。

『坂の上の雲』の前半は子規を中心にした明治のまぶしい青春小説なのに、子規の死（明治三十五年、一九〇二年）を峠にして後半は日露戦争（明治三十七―三十八年、一九〇四―〇五年）をめぐるキナ臭い戦争小説に変わる。

司馬自身、第二次世界大戦中、軍隊で散々イヤな目にあった。明治の輝かしい精神がなぜ昭和の狂気に変わったのか。司馬は『坂の上の雲』を書きながら明治の変貌に納得できなかった。そのあげく、勝てるはずのないロシア帝国に勝ってしまったために、それまでひたむきだった日本人が驕れる日本人に変わってしまったという日本人突然変貌説に与《くみ》せざるをえなくなる。

もし子規や秋山好古《よしふる》、真之《さねゆき》兄弟ら明治の青年たちを動かしていた国家主義という空気を正確にとらえていれば、国のために「生きる」という明治の国家主義が、国のために「死ぬ」という昭和の国粋主義へ変化してゆく過程がありありと見えたはずである。

昭和の狂気は明治の青春が変容したものだった。この観点に立っていれば、司馬の描く明治の指導者たちはさらに陰影の深いものになっていたにちがいない。

9

子規の命が絶えたのは明治三十五年(一九〇二年)九月十九日未明一時。前日午前、病床で抱き起こされながら絶筆となる糸瓜三句をしたためた。

糸瓜《へちま》咲て痰《たん》のつまりし仏かな　　子規

痰一斗糸瓜の水も間にあはず

をとゝひのへちまの水も取らざりき

糸瓜の水とは糸瓜の茎を切ってとる水で痰切りの効能があるとされた。

その五日前、高浜虚子に口述筆記させた「九月十四日の朝」という短い文章がある。子規は脇腹に開いたカリエスの空洞をかばうため横向きに寝たままガラス戸の外の庭を眺めている。

窓の前に一間半の高さにかけた竹の棚には葭簀《よしず》が三枚許《ばか》り載せてあつて、其東側から登りかけて居る糸瓜は十本程のやつが皆瘠せてしまうて、まだ棚の上迄は得取りつかずに居る。花も二三輪しか咲いてゐない。正面には女郎花が一番高く咲いて、鶏頭は其よりも少し低く五六本散らばつて居る。秋海棠は尚衰へずに其梢を見せて居る。余は病気になつて以来今朝程安らかな頭を持て静かに此庭を眺めた事は無い。

現代と同じ口語体の文章であることに注意してほしい。日本語の書き言葉は当時まだ江戸時代の文語体が主流だったが、子規が話したことを別人が書き留める口述筆記によって、新しい口語体が六尺の病床から奇跡的に誕生しようとしていた。これが親友の夏目漱石に受け継がれ、現代の文章へと発展してゆく。

さて静かに庭を眺める子規の宇宙にささやかな異変が起こる。

やがて納豆売が来た。余の家の南側は小路にはなつて居るが、もと加賀の別邸内であるので此小路も行きどまりであるところから、豆腐売りでさへ此裏路へ来る事は極て少ないのである。それで偶珍《たまたま》らしい飲食商人が這入つて来ると、余は奨励の為にそれを買ふてやり度くなる。今朝は珍らしく納豆売りが来たので、邸内の人はあちらからもこちらからも納豆を買ふて居る声が聞える。余も其を食ひ度いといふのでは無いが少し買はせた。

子規はここでおどけて、もしかすると無意識に「奨励」という言葉を使っている。殖産興業、産業奨励の「奨励」である。哀しいことに病床でも明治政府の経済政策の一端を担っているつもりなのだ。

病床の我に露ちる思ひあり　子規

この「露ちる思ひ」とは国家の役に立ちたいのに病気ゆえにかなわない、その思いであると前に書いた。

それと同じ思いが絶筆の「糸瓜咲て」の句にも流れている。この句の「痰のつまりし仏」とは「露ちる思ひ」も虚しく、三十四年の短い一生を今終えようとしている子規自身である。子規は死の瞬間まで明治の新国家建設に役立ちたいと願う「明治の子」だった。

第二章　挫折した高等遊民

蕪村《河骨水禽図》

1

読売新聞に毎朝連載している詩歌コラム「四季」が一昨年(二〇一八年)五月、五千回に達した。その記念特集のために北鎌倉円覚寺の横田《よこた》南嶺《なんれい》老師と対談することになった。右太腿《みぎふともも》の腫れものが皮膚癌とわかる前のことである。

老師といっても白い髭の老僧を想像してもらっては困る。まだ五十代半ばで私より十も若い。四十代で臨済宗円覚寺派の管長となった人である。

四月中旬、北鎌倉の桜はとうに散って山々は新緑に包まれはじめていた。対談は広い池に面した方丈で行われた。まず印象的だったのは方丈全体を楽器にして響かせるような老師の声である。丹田に力を集めて地球の上にふわりと坐せば、あの声が出るのだろうか。

初《はつ》蛙《かわず》老師の声も朗々と　　櫂

対談の間、池のどこかで蛙がいい声で鳴いていた。昨年の円覚寺夏期講座で老師は「老師の声も」の「も」に力をこめてこの句を読み上げ、四百人の満場の聴衆を笑わせた。

円覚寺は十三世紀後半、鎌倉幕府の執権、北条時宗によって南宋から招かれた無学祖元が開いたお寺である。二度の元寇の戦死者たちをモンゴル、日本の区別なく弔うためだった。明治の国家主義の時代、日本に命を捧げた兵士の慰霊のために建てられた靖国神社と比べると、七百年前の日本人の慈悲の精神に驚かされる。

私事だが、円覚寺には曽祖母が縁があった。釈宗演《しゃくそうえん》(一八五九―一九一九)が曽祖母に与えた書が残っている。宗演は明治二十五年(一八九二年)、三十三歳の若さで円覚寺管長となった名僧である。

佛能空一切
相成萬法智
而不能即滅
定業

「佛は能《よ》く一切の相を空じて萬法《ばんぽう》の智を成す。しかれども即ち定業《じょうごう》を滅すること能《あた》はず」と読むのだそうだ。北宋時代に書かれた禅僧の伝記集『景徳伝灯録《けいとくでんとうろく》』にある言葉で、万能の仏といえども人間の背負う業《ごう》だけは消し去ることはできないという意味らしい。

絹地に流麗かつ力強い書体でしたためてある。つづけて「大正二夏末　為守山夫人　宗演書」とあって、この「守山夫人」が母方の曽祖母である。運命に弄《もてあそ》ばれた人なので深刻な悩みを抱えていたはずだ。「定業を滅すること能はず」。この非情な言葉をどう受け止めただろうか。

2

夏目漱石は明治二十七年(一八九四年)暮れから翌年正月の十数日間、円覚寺で参禅した。大学を出て英語教師になっていた。このとき漱石に対したのが若き日の宗演である。この参禅体験は十六年後に書いた『門』に描かれている。

漱石は若いときからとらえようのない不安に悩まされていた。この不安を晴らすための参禅だったようだ。しかし言葉の人である漱石にとって、言葉の対極にある禅は手を触れえない世界だったにちがいない。不安はついに解消しなかったようだ。それどころか増殖しつづけた。いわば漱石の根源的不安であり、心の癌だった。この不安こそがのちに漱石を偉大な作家に育て上げることになる。

漱石は正岡子規と同じ慶應三年(一八六七年)生まれだから、満年齢が明治の年数と一致する。漱石は東京、子規は四国松山の生まれだが、一高(第一高等中学校)で出会うと生涯の友となった。しかし子規がその短い生涯、明治の国家主義の優等生として生きたのに対して、漱石は国家主義からの自覚的な脱落者となった。

理由としてまず思い当たるのは漱石の生い立ちである。

子規は幼くして父を亡くしたが、母八重とその実家の大原家の人々に大事に育てられた。兄思いの妹律もいて、晩年寝たきりになっても八重と律が自己犠牲的な介護をした。病気のため結婚はしなかったが、母と妹という身近な二人の女性に愛されているという自覚が、どれほど子規に自信を与えたか。この二人の愛情が子規を大地に根づかせた。いわば日本古来の母権社会に子規は生きていた。これが子規を無上の楽天家にし、「明治の子」としてまっすぐに歩ませることになる。

一方の漱石は子規とは反対に母のぬくもりを知らず育った。六人兄弟の末っ子に生まれ、母親の乳が出なかったので生後すぐ里子に出される。ところが里親が漱石を笊《ざる》に入れて夜店にさらしているのを、実家が見るに見かねて引き取った。その後、また養子に出され、漱石が実家に戻ったのは九つのときだった。

漱石の小説の美しいヒロインたちがときに冷ややかで意地悪な印象を漂わせるのは、そのせいではないか。母親は人生で最初に出会う女性である。子ども時代に母親と縁が薄かったことが、漱石に女性への懐疑を植えつけたのではないか。漱石に生涯つきまとう不安の根源はここにありそうだ。

しかし漱石を明治の脱落者にした決定的な要因はロンドン留学だった。そこでの挫折が漱石を国家主義とは別の位置に立たせることになる。漱石は明治三十三年（一九〇〇年）から二年間、ロンドンに留学する。明治政府は文明開化策の一環として欧米の優れた学者を日本に招き入れる一方、日本の有望な青年を留学させて西洋文化を学ばせた。

今と違って明治の留学は国家事業だった。漱石の留学も英語研究を目的とし、年間千八百円の留学費と三百円の留守宅手当が文部省から支給された。その年の秋、プロイセン号で横浜港を出航したとき、漱石は明治の国家的使命と期待を背負っていた。

ところがロンドンに住みはじめた漱石はたちまち壁に直面する。古来、日本の知識階級が親しんできた漢詩文と違って西洋文学はとても国家の役には立ちそうにない。つまるところ、男女情痴の話ではないか。それに気づいた漱石は大学に行かず、下宿にこもって、「文学とは何か」という大問題に取り組む。山積みの文学書を読んでは詳細なノートをとる。そのあげく神経衰弱になって文部省から帰国を命じられる。

漱石はロンドン留学をのちにこう振り返っている。

倫敦に住み暮らしたる二年は尤も不愉快の二年なり。余は英国紳士の間にあつて狼群に伍する一匹のむく犬の如く、あはれなる生活を営みたり。（『文学論』）

3

「狼群に伍する一匹のむく犬」。自分は明治の新国家が求める「有為の人」にはなれない。ロンドン留学の挫折は明治の国家主義からの脱落を意味していた。

明治三十六年（一九〇三年）一月、日本に帰国した漱石は鬱々と過ごす。親友の子規は前年秋、すでに世を去っていた。輝かしい明治の青春は子規とともに過ぎ去り、時代は日露戦争へと動いていた。

日露戦争の最中、高浜虚子は漱石の気を晴らそうと朗読会（山会）の文章を書くよう勧めた。

そうして生まれたのが最初の小説『吾輩は猫である』である。

『猫』は世の中を皮肉に眺める苦沙弥先生と仲間たちの物語である。明治の国家主義からの脱落が漱石を小説家にし、世間に距離を置いて斜に構える苦沙弥先生の位置に立たせた。

漱石は小説家として一歩を踏み出したときから、明治という時代を引き受けていたのである。時代を引き受けるとは同時代の日本人の運命を自分の問題としたということである。だからこそ偉大な作家なのだ。その後、漱石は時代を炙り出す、この皮肉家の苦沙弥先生をさまざまに変奏させて名作を書きつづける。

明治四十年、漱石は東京帝国大学の講師を辞めて朝日新聞社に入る。官職を投げ出して一新聞社の社員となるなど、これも当時としては非常識な反国家的な選択だった。しかし明治の脱落者の烙印が何よりあざやかに見てとれるのは『三四郎』(明治四十一年)の一節だろう。

物語は日露戦争直後、熊本の五高(第五高等学校)を卒業した小川三四郎が東京へ向かう列車の中からはじまる。乗り合わせた四十くらいの髭の男が、日本はいくら日露戦争に勝って一等国になっても駄目だ、富士山よりほかに自慢するものは何もない、という話をするものだから三四郎は、

「然し是からは日本も段々発展するでせう」と弁護した。すると、かの男は、すましたもので、「亡《ほろ》びるね」と云つた。

日露戦争の勝利に浮かれる日本人の頭に冷や水を浴びせる髭の男は漱石その人だろう。「亡びるね」。この一言は日本がこれからたどる過酷な歴史、第二次世界大戦、広島と長崎への原爆投下、焼け跡で迎える敗戦、そして現代の末期的大衆社会の滑稽な惨状まで見透すような不気味な予言である。

菫《すみれ》程な小さき人に生れたし　漱石

明治三十九年（一九〇六年）、日露戦争の翌年の作。漱石の心の奥に鬱々と眠る夢を取り出したような句である。小さな菫の花とは明治の国家主義から外れた漱石のささやかな理想だった。

4

あかあかと龍宮炎《も》ゆる夜長かな　　　　　　櫂

昨年(二〇一九年)十月三十一日、沖縄の首里城が焼け落ちた。第二次世界大戦でアメリカ艦隊の砲弾の雨を浴びて破壊され尽くしたが、戦後、沖縄の人々の悲願によって再建された。青い海が夢に見た龍宮のような宮殿だった。

その二日後、沖縄句会のために那覇にいた。ホテルの近くのやちむん通りは秋の祭りだった。このあたりは戦前、陶器の窯元が集まっていた地区である。戦争でも焼けず、今は琉球陶器や琉球ガラスの小さな店が並ぶ。

石畳のゆるやかな坂道の入り口では人垣の中で二頭の獅子が身を躍らせて舞っていた。さらにゆくと、日に焼けた白髪白髯の老人が女の三線《さんしん》と男の太鼓に乗せて沖縄の歌を歌っていた。

サー君は野中のいばらの花か
サーユイユイ
暮れて帰ればやれほに引き止める
マタハーリヌツィンダラカヌシャマヨ

自分の歌に酔うような、とぎれとぎれの歌いぶりは上手いのか下手なのか、長い人生が醸し出す味がある。遠巻きの群衆に混じって老人の歌を聞いていると、人も俳句もこうでなくてはという思いが湧き上がる。

民俗学者の折口信夫（歌人、釈迢空。一八八七―一九五三）は戦前フィールドワークで訪れた沖縄の印象を、ある文章に書き留めている。

ほうとする程長い白浜の先は、また、目も届かぬ海が揺れてゐる。（中略）沖縄の島も、北の山原《ヤンバル》など言ふ地方では行つても〳〵、こんな村ばかりが多かつた。（中略）物音もない海浜に、ほうとして、暮しつゞけてゐる人々が、まだ其上幾万か生きてゐる。

（「ほうとする話」傍点は原文）

折口がこれを書いたのは、人々がほうとして生きている状態こそ人類の本来あるべき姿と考えたからだ。それははるか昔、人類の黎明に存在し、その後、失われてしまったかに見えながら現在も実在し、未来永劫にわたって存続しつづける。詩歌の故郷でもある。あの日、石畳の道で歌っていた老人もその「ほうとして、暮しつゞけてゐる人々」の一人なのだろう。

あの老人のように歌に酔いながら、知らないうちに最期を迎えられるならどんなにいいか。晴れ晴れと泡盛の精に抱かれて深い眠りに落ちてゆくように。

5

話題を変えよう。高校生や大学生に文学について話をするとき、いつも困るのは彼らが人間の本性についてあまりに無頓着なことである。「ほんとうはみんないい人」「誰でも仲良しになれる」とどうも本気で思っているところがある。

そのまま年をとって一生を終える幸福な人も多いのだから、若い人だけとはいえないが、この手のおめでたさは文学にとって致命的である。なぜなら「みんないい人」なら文学はいらない。そこで文学の話をするときは、まず人間の話からはじめることにしている。

人間とは何か。第一の特徴は人間が欲望の動物であること。その欲望の最たるものがお金と性。お金は食べるため個体保存のため、性はいうまでもなく種族保存のためにある。つまり人間ははじめからＤＮＡ保存のため欲望に翻弄されるよう設計されている。

第二の特徴はその欲望ゆえに人間は互いに争い合うこと。それが個人の場合は喧嘩だが、国家なら戦争となる。喧嘩も戦争も人間の根源的な欲望から起こるものだから、よくないとわかっていても繰り返し起こる。

第一、第二の特徴は動物にも当てはまる。ところが人間は言葉の動物であるから自分の行動(欲望と闘争)を言葉で正当化しようとする。これが人間だけの第三の特徴である。

言葉による正当化とは、平たくいえば言い訳である。正当化のための言葉が大義名分である。言葉による正当化のせいで人間界は動物界と違って複雑怪奇を極めることになった。

欲望に翻弄され、互いに争い、その言い訳に終始する人間、その滑稽な姿を描くのが文学ということになるだろう。人間の根源にあって人間を衝き動かす二つの欲望、お金と性こそが文学の永遠のテーマなのだ。

この文学の基本的な性格がぴたりと当てはまるのが夏目漱石の『こゝろ』(大正三年、一九一四年)なのである。この小説はまさにお金と性に弄ばれる人間の滑稽な姿を描いている。

舞台は明治が終わろうとするころの東京。主人公の「先生」は並み外れた知性の人なのに、大学教授にもならず、ほかの職業にも就かず、親の遺産で身勝手な美しい伴侶とひっそり暮らしている。その先生の秘密をまず一高生(途中から東京帝国大学生)の「私」の視点から、次に先生の遺書によって解き明かしてゆく。

先生は新潟の資産家の息子だったが、学生時代に両親を同時に疫病で失《な》くし、後見人となった叔父に財産の大半を騙し取られる。先生はまずお金をめぐる叔父との争いの敗北者だった。

手もとに残った財産の一部で戦争未亡人の家に間借りするが、奥さんには思わせぶりな娘がいて、奥さんは先生の財産を目当てに娘と結婚させようとするし、先生も娘に惹かれてゆく。

やがて先生の郷里の親友Kが同じ家に下宿する。お寺の息子で一本気なKは娘を本気で好きになってしまう。そのKを先生はある知的な計略によって自殺に追い込み、娘を自分の妻にしてしまう。

先生はお金の敗北者だったからこそ、恋(性)の勝利者になろうとした。このとき先生は肉親に財産を騙し取られて痛い目をみたのだからKを騙してもいい、それが人間の世界であると考えた。つまり先生が自分の卑怯な計略を正当化する大義名分にしたのは、自分がお金の争いの敗北者であるということだった。

ところが心の奥でいつも目を光らせている良心が先生の卑怯な計略を責めつづける。お金の争いで敗れて深刻な人間不信に陥ってしまった先生は、恋の争いでは勝ったものの生涯、自己不信に苦しめられることになった。

6

漱石の小説にはしばしば「高等遊民」が登場する。仕事をせず、親の財産で遊んで暮らすインテリのことである。『それから』(明治四十二年、一九〇九年)の代助がその典型だろう。大学を出たのに実業家の親のスネをかじって暮らしていたが、友人の妻を奪って勘当され、職業を探さねばならなくなる。

『こゝろ』の先生もまた高等遊民である。代助と違って親の財産の一部が残っていたので職業を探す必要はない。しかしKを自殺させたことに対する良心の呵責に耐えきれず、自分も自殺する。

明治の国家主義は天皇から庶民まで国家の役に立つ「有為の人」となることを求めた。そこからみれば職業をもたず国の役に立とうとは思わない、それどころか職業を軽蔑する代助や先生のような高等遊民は反国家主義的な存在である。

明治の建国(一八六八年)から半世紀近くが過ぎて明治はすでに建国者たちの二世三世の時代に移っていた。明治の国家主義はゆるみ、高等下等を問わず遊民が出現し、彼らへの憧れと危惧が広がりはじめていた。

高等遊民とは当時の人々にとって明治建国以来の国家主義から外れた未知の生き方だった。立派な大人ではあるが、親の経済的支援を受けているから自立した人間でもなく、かつ永続もしない。しかし国家のためではなく自分のために生きる、新しい生き方にもっとも近いところにいたのが高等遊民ではなかったか。

ところが自由の光に目のくらんだ動物が檻へ後退りするように、『こゝろ』の先生は明治の国家主義へ逆戻りしてしまうのである。明治四十五年（一九一二年）七月三十日、明治天皇が崩御する。天皇崩御に心を動かされた先生は自殺を決意する。先生の遺書のその部分を引用しておこう。

すると夏の暑い盛りに明治天皇が崩御になりました。其時私は明治の精神が天皇に始まつて天皇に終つたやうな気がしました。〔中略〕私は妻に向つてもし自分が殉死するならば、明治の精神に殉死する積《つもり》だと答へました。

遺書とはいつでも自分の死についての弁明、つまり正当化であり言い訳である。小説の後半を占める先生の遺書は自殺の長々しい言い訳にすぎない。その最後で先生は「明治の精神」というものものしい大義名分を持ち出して自分の決断を正当化しようとした。

九月十三日、明治天皇の大喪の礼のその日、明治の精神の権化だった乃木希典大将(嘉永二年―大正元、一八四九―一九一二)が妻とともに殉死する。先生は乃木大将の死に引き込まれるように、しかし妻は残して一人、自殺する。何と淋しい死に方だろうか。

自分の生と死は自分の責任で完結させる。それが高等遊民というものだろう。それなのに、なぜ明治の精神に殉じるのか。自分で自分を支えるという孤独な営みに耐えきれなかったのか、明治の国家主義の亡霊にひれ伏す先生の最期は、やがて訪れる国粋主義時代の大衆の姿を予見しているかのようである。

7

日本の幕末動乱のころ、アメリカは南北戦争(一八六一―六五年)の渦中だった。この内戦は奴隷解放のための戦いと思われているが、工業化の進む北部(合衆国)と大農園主義の南部(連合国)の黒人労働力をめぐる経済対立つまり欲望と欲望の衝突だった。奴隷解放は北部が途中で持ち出した戦争正当化の大義名分にすぎない。理想はいつも欲望に利用される。

南北両軍は一八六三年七月、ペンシルベニア州ゲティスバーグで総力戦を展開した。十一月、合衆国のリンカーン大統領はこの激戦地で演説した。弁護士でもあったリンカーンはこの二分間の短い演説で言葉の力を存分に発揮して、北軍を勝利に導く。演説の冒頭はこうである。

> 八十七年前、私たちの祖先は自由に憧れ、すべての人間は平等に造られているという信念のもと、新しい国をこの大陸に建国しました。私たちはいま激しい内戦の渦中にあります。この内戦はこの国が、あるいは同じ理念と信念にもとづく国がはたして永続できるかどうかを問う試みなのです。

ここでリンカーンは北軍をアメリカ建国の理想、自由と平等の守護者として正当化し、南軍を建国の理想に敵対する賊軍に仕立て上げた。これが北軍の士気を鼓舞し、南軍の戦意を挫《くじ》くことになる。さらに南部と友好関係にあるフランスとイギリスの動きを封じることになった。英仏とも北軍に自由、平等の旗を掲げられては表立って南軍の加勢がしにくい。

ではなぜ自由と平等が北軍を鼓舞したのか。北軍の兵士は実際は北部の資本家のために戦っていた。しかしそれでは士気は上がりようがない。ところがリンカーンは北軍の戦死者を自由と平等という建国の理想に命を捧げた英雄として祀りあげた。

アメリカという国家が英雄になれると約束して兵士を思うように戦わせたわけだ。言葉で人間を描くのが文学なら言葉で人間を動かすのが政治である。そしてリンカーンは政治家だった。このときリンカーンは宗教の仕事である魂の救済の領域に一歩踏みこんでいた。言葉で人間を動かす政治と言葉で人間を救う宗教はいつも境界が明らかでない。

アメリカにかぎらず国家の奥の間で人々を動かしているのは今も昔も国家による死後の保障である。日本では明治以降、靖国神社がこの機能を担ってきた。靖国神社は戊辰戦争（慶応四年、一八六八年）が終わった明治二年（一八六九年）、新国家建設に命を捧げた兵士の慰霊のために創建された。その後、日清、日露、第二次世界大戦の戦死者を英霊つまり英雄の霊として祀りつづけてきた。

夏目漱石の『こゝろ』の先生が明治大帝の死、乃木夫妻の殉死に衝撃を受けて、明治の精神に殉じたのは自分から国家による死の意義づけを求めたことになる。この小説がその後の日本と日本人の運命を予見しているかにみえるのはそこである。

8

二〇一八年(平成三十年)が大変な年だったのは皮膚癌が見つかったことばかりではない。その年の終わりに次の大事が待っていた。

右太腿にできた皮膚癌の二度目の手術が終わったあと、右鼠径部にヘルニアができた。慶應病院皮膚科の大内先生を通して、暮れも押し詰まった十二月二十九日、消化器外科で手術を受けた。

羞恥心などというものはロッカーに仕舞って手術室に入らなくてはならない。台の上に仰向けになると、上半身と下半身の間に仕切りの白いカーテンが下げられ、万葉風に茂る夏草を古今風の草刈機できれいに刈り取ったあと、新古今風の冷ややかなメスが入れられる。

皮膚を四センチほど切って、腹膜にあいた穴に樹脂のメッシュ(網)を当てるのだが、眠りに落ちるはずの麻酔が効かないのか、痛みは感じないが意識は冴え冴えとしていて、カーテンの向こうで行われている二人の医師の作業が手にとるようにわかる。

手術がすむとストレッチャーに乗せられて暮れの閑散とした病院の廊下を運ばれ、入院室のベッドに寝かせられた。五階の一室で大きな窓のブラインドから冬の日差しが縞になって流れこんでいる。

そこまではよかったのである。トイレに行きたくなって看護師に支えられ、ベッドから起き上がってドアの脇のトイレのほうへ七、八歩、歩いたところで突然、足の力が抜けるような気がしたのは覚えているのだが、たちまち意識を失って倒れてしまったらしい。

自分のことなのに「らしい」というのは倒れたときすでに意識がなく、倒れた自覚も記憶もないからである。寿命の尽きた街灯がふっと消えるように、私の頭の高さで意識が消滅してしまった。それだけのことである。そのあとは明るくもなければ暗くもない。

付き添っていた家内の話では、私がトイレのドアをつかもうとしたとき、左肩から床に倒れたそうだ。すぐナースステーションから別の看護師も駆けつけて車椅子でベッドに戻された。数人の医師がきて頭は打たなかったか気分が悪くはないか尋ねるのに、何か答えていたというのだが、記憶が残っていない。記憶がぼやけているのではなく空白なのである。

計算すると卒倒してから三時間も半覚半眠のまま横になっていたことになる。目を開くと窓の外は夕暮れていた。何にぶつけたのか、左膝に血が滲んですでに固まっていた。

死もまた意識の消滅である。その年の夏に皮膚癌と診断されてから、何かと死に思いが及ぶのだが、このときは死のサンプルを見せられたような気がした。

ではサンプルの死と本物の死は違うとすれば、どこが違うのか、それとも同じなのか。今回の死のサンプルは短時間の意識消滅ですんだ。意識の器である肉体がまだ残っていたので目覚めることになった。一方、本物の死となると意識消滅だけではすまない。意識の次に肉体も消滅する。ここがサンプルと異なるが、死が消滅であることに変わりはない。

ところが人類には天国と地獄、極楽往生、魂の不滅、輪廻転生、自然に帰る、大地に帰る、宇宙に帰る、あるいは無に帰るなどなど、言葉が生み出す幻想あるいは妄想としか思えない死後の壮大な体系がある。これはどうしたことか。

9

冷やかな脈《みゃく》を護《まも》りぬ夜明方　漱石

明治四十三年(一九一〇年)六月、漱石は胃潰瘍で東京の長与胃腸病院に入院した。八月、伊豆修善寺の菊屋旅館に転地療養する。ところが胃の苦痛は募るばかりで十七日、「熊の胆《い》の如きもの」(日記)を吐血。さらに二十四日夕方、右へ寝返ろうとしたとき、五〇〇グラムの血液を吐いた。いわゆる「修善寺の大患」である。ところが漱石は吐血直前に人事不省に陥って吐血の自覚がなかった。それどころか気を失ったことさえ知らなかった。随筆「思ひ出す事など」から写す。

強ひて寐返《ねがえ》りを右に打たうとした余と、枕元の金盥《かなだらい》に鮮血を認めた余とは、一分の隙もなく連続してゐるとのみ信じてゐた。其間には一本の髪毛を挟む余地のない迄に、自覚が働いて来たとのみ心得てゐた。程経て妻から、左様ぢやありません、あの時三十分許《ばかり》は死んで入らしつたのですと聞いた折は全く驚いた。

漱石は三十分間、意識がなかったことを一と月以上たって妻から知らされた。この「三十分の死」は漱石にとって吐血より衝撃だった。

たゞ胸苦しくなつて枕の上の頭を右に傾むけ様とした次の瞬間に、赤い血を金盥の底に認めた丈である。其間に入り込んだ三十分の死は、時間から云つても、空間から云つても経験の記憶として全く余に取って存在しなかつたと一般である。妻の説明を聞いた時余は死とは夫程果敢《はか》ないものかと思つた。

「余は一度死んだ」。漱石はここから死の考察をはじめる。幽霊について、死後の意識について、ドストエフスキーが癲癇《てんかん》の発作のあと、経験したという恍惚感について、またドストエフスキーが銃殺される瀬戸際で皇帝の命令によって命拾いしたことなど。惜しいことに、この死の考察はやがて東京へ生還する喜びに紛れてしまうのだが、ここで途絶えたのではない。

漱石の死の考察は六年後(大正五年、一九一六年)の本物の死へと深まっていった。それは水脈のように小説『こゝろ』や絶筆『明暗』を浸している。死の一と月前に弟子に語った「則天去私」もそこから生まれたのではないか。ただ「天に則《のっと》って私《わたくし》を去る」というこの言葉は死を覚悟した安心の境地にはほど遠く、むしろ安心への渇望としか思えない。

夏目漱石、享年四十九。遺体は解剖され、生涯悩みつづけたその偉大な脳はホルマリンに漬けられて東京大学医学部標本室に今も保存されている。科学の時代の悪趣味の一つである。

第三章　誰も自分の死を知らない

にしきゝ〔ぎ〕の門をめく〔ぐ〕りておと〔ど〕りかな
蕪村句、画

1

夏の島かげで大きな白いヨットが波に揺れている。

Non so mai
perché ti dico sempre sì
Testarda io
che ti sento più di così
E intanto porto i segni dentro me
Per le tue strane follie
per la mia gelosia

私はわからない、なぜいつもあなたに「いいわ」といってしまうのか。強がりな私、でも私の中にあなたをますます強く感じる。そして私の心は傷つく。あなたが私をかき乱すから、そんなあなたを失いたくないから。

イタリアの大歌手イヴァ・ザニッキが歌う「Testarda Io」。もとはブラジルのポルトガル語の歌にイタリア語の歌詞がつけられた。直訳すれば「強がりな私」。苦しい恋の歌だが、耳もとでささやくような日本人の歌手と違って、世界の真ん中に立って悲しく晴れやかに歌う。

La mia solitudine sei tu
La mia rabbia vera sei sempre tu
Ora non mi chiedere perché
Se a testa bassa vado via
Per ripicca senza te

私の孤独はあなた。私のいつものひどい苛立ちもあなた。だからわけなんか聞かないで。うなだれたまま、腹いせにあなたの前を立ち去っても。

ルキーノ・ヴィスコンティ監督の『家族の肖像』(一九七四年)という映画があった。ローマで古い絵画に囲まれて暮らす老教授(バート・ランカスター)の上の階に、さる公爵夫人が左翼くずれの愛人の部屋を借りる。この曲はそこで繰り広げられる若者たちの全裸の密会に老教授が出くわす場面で流れていた。

老教授は室内にいくつも飾られたカンバセーション・ピース(家族の肖像画)が象徴する静かな追憶の世界から、上の階の若者たちに導かれて喧騒に満ちた現実の世界を垣間見るのだが、混乱のまま死を迎える。

映画の最後の場面は私の記憶が勝手に作り変えている。朦朧とする意識の中で老教授は死神らしい幻を見るのだが、白い絹のヴェールをまとって顔がわからない。不思議なことにそれは思い出の中で微笑むうら若い母のようであり、怒り嘆く美しい妻のようでもあるのだ。

一昨年(二〇一八年)の真夏、癌の転移を調べるため最初のPET検査を受けた。放射性の検査薬を注射したあと、カーテンで仕切った小さな部屋に移った。寝椅子が一つ。一時間ほど横になっていなくてはならない。小さな窓の外ではプラタナスの葉が激しい夏の光を浴び、その先を中央線の電車が走りすぎる。

薄明るい空間で寝椅子に横になっているとき、映画の最後の場面、白いヴェールで顔を隠した死神の姿を思い出した。なぜ顔が見えないのだろう。そうだ、人は自分の死を知らない。死神といえばヨーロッパ中世には馬に乗って大鎌を振りかざす骸骨の絵もあるが、そんな恐ろしいものではなく甘く美しい女性かもしれないではないか。

2

ここまで正岡子規、夏目漱石の生と死を通して明治、大正の時代の空気について書いてきた。このまま谷崎潤一郎、太宰治、三島由紀夫とたどりながら戦前から戦後へつづく昭和の空気について書くつもりだったが、それではあまりに重苦しい。そこで少し見方を変えて死の思索をつづけたい。

日本にはイタリアに劣らず恋の歌が豊かに存在する。古代の和歌から現代の歌謡曲まで日本人は連綿として恋を歌いつづけてきた。恋の歌の淵源をたどれば、国産み神話の伊邪那岐《いざなぎ》と伊邪那美《いざなみ》の問答に行き着くのだから奥が深い。

伊耶那岐命《いざなきのみこと》の詔《のりたま》ひしく、「然《しか》らば、吾《あれ》と汝《なむち》と、是の天《あめ》の御柱《みはしら》を行き廻り逢《めぐ》ひて、みとのまぐはひを為《せ》む」とのりたまひき。〔中略〕約《ちぎ》り竟《おは》りて廻りし時に、伊耶那美命《いざなみのみこと》の先づ言はく、「あなにやし、えをとこを」といひ、後に伊耶那岐命の言ひしく、「あなにやし、えをとめを」といひき。　　　　　　　　　　　　　（『古事記』）

「なんて愛しい若者かしら」「なんて愛らしい乙女だろう」。神々のこの率直な問答以降、恋の歌が手を替え品を替え詠まれてきた。

この国には元来、言葉を書き記す独自の文字がなく、『古事記』も『万葉集』もすべて漢字で記されている。やがてひらがなとカタカナが考案されるが、ひらがなは細やかな恋心をしたためるためにこそ作られたのではなかったか。

恋の歌の名手、和泉式部（九七八？―没年不詳）の歌をあげると、

黒髪のみだれも知らずうちふせばまづかきやりし人ぞこひしき
あらざ覧《らん》この世のほかの思《おも》ひ出《い》でにいまひとたびの逢ふこともがな
白露も夢もこの世もまぼろしもたとへていへばひさしかりけり

『後拾遺和歌集』から。第三首、はかない白露も夢もこの世も幻も二人の短い恋に比べれば永遠に等しい。和泉式部にかぎらず、また歌人とかぎらず、この国の人々は大昔から恋に身を

焦がしてきた。人間を翻弄する性の欲望を素直に肯定し、罰当たりなことにも人目をはばかることにも果敢に挑んできた。

男も女もあれほど恋の達人であり猛者であったのに、一方、愛となると日本人ほど疎い人々も少ない。友愛、博愛、愛国、愛社、人類愛、家族愛、夫婦愛でさえどこかかしこまって、やけによそよそしい。何やら人に押し付けられている感じがする。その理由はこの国にはもともと愛などなかったからである。

日本には愛が存在しなかった。それがわかるのは「こい」は訓なのに「アイ」は音だからである。つまり「こい」という言葉は漢字が伝わる前から大和言葉としてあったが、「アイ」は漢字の愛の音として中国からはじめて伝わった。

たしかに古くから愛の字を「いつくしむ」「めでる」「いとしむ」「かなしむ」などと読ませることがあるが、それはただ大和言葉に愛の字を当てただけのことである。もともとそれらの大和言葉はおもに親子や男女の間の「こい」に近いこまやかな感情を表わす言葉だった。これらの大和言葉では博愛、人類愛などというときの愛の字の壮大な世界を表わすことは到底できない。

愛という言葉がなかったということは愛という言葉で表わす愛という実体もまたなかったと

いうことである。王朝中世の歌人たちがあれほど恋に執したのに、愛が一度も歌に詠まれなかったのはその一例にすぎない。古代のこの欠落が長く尾を引いて日本人はいまだに愛の意味がよくわからないのではないか。

3

漢字は雄弁である。ある植物の名前が訓か音か、大和言葉か中国語かで日本の自生種か中国からの渡来種かわかる。

たとえば桜や松は昔から日本列島に自生していたと考えられる。というのは「さくら」「まつ」も大和言葉だからである。つまり日本には古くから「さくら」「まつ」と呼ばれる木が生えていた。四世紀ごろ、中国から漢字が伝わると、この「さくら」「まつ」が桜(オウ)、松(ショウ)という漢字の訓になった。

これに対して「キク」や「ボタン」は菊、牡丹という漢字の音だから、どちらも漢字伝来以後、中国から渡来したことがわかる。菊も牡丹も薬(漢方薬)の原料として中国からもたらされたが、日本にはない植物だったので、それを呼ぶ大和言葉がなかった。そこで中国語の音で呼ぶしかなかったのである。

では梅はどうか。梅という漢字の発音「ume」は訓つまり大和言葉のように聞こえる。もしそうならば梅は日本の自生種ということになるのだが、じつは梅という漢字の中国音「mei」あるいは「bai」が日本風に訛ったもの、つまり「ウメ」は音なのだ。梅もまた中国からの渡来植物だった。

蕪村(一七一六―八三)にこんな句がある。

梅咲《さき》ぬどれがむめやらうめじややら

同時代の本居宣長と上田秋成が梅のひらがな表記をめぐって論争した。それをからかった句だが、ある手紙には「んめ咲やどれがんめやらむめじややら」ともある。「むめ」か「うめ」か「んめ」か。これも漢字の中国音「mei」を日本人がどう訛ったか、「mu-me」か「u-me」か「m-me」かの問題ではないか。

植物の名前だけにとどまらない。法律や宗教などの抽象的な用語ももともと大和言葉にはなく、漢字とともに中国からもたらされたものだった。

死もその一つである。死という言葉は死ぬという動詞までであって、梅と同じく大和言葉のような顔をしている。しかし「シ」は明らかに死という漢字の音である。死も死ぬも大和言葉にはない。まず死という漢字が中国から伝わり、そこから死ぬという動詞が生まれた。

ここから想像すれば、死という漢字が伝わる以前の日本人は死を知らなかったことになる。もちろん日本人も死ぬ。しかし死という現象を漢字の死が表わしているようなものとしては理解していなかったのではないか。

漢字の死に相当する大和言葉には「なくなる」「ゆく」「みまかる」がある。しかしこれらの大和言葉には漢字の死にある厳粛な断絶の響きがない。あくまである場所から別の場所へのゆるやかな移動である。つまり古代の日本人は漢字の死のようには死ななかった。では古代の死はどのようなものだったのか。

4

新しい言葉の誕生によって世界が変わる。いいかえれば、世界は言葉でできている。そう思うできごとが二〇一一年の東日本大震災のあとであった。

音もなく原子炉建屋爆発すインターネットの動画の中に　櫂

大震災直後に起きた東京電力福島第一原子力発電所の事故は最悪の事故である。「である」というのは今もまだつづいているからである。

三月十一日午後に発生した大地震と津波によって福島第一原発の六つの原子炉のうち三つ(一、二、三号機)でメルトダウン(炉心溶融)が起き、三つの原子炉(一、三、四号機)の建屋などが水素爆発で吹き飛んだ。この事故とさらに事故後の処理によってセシウムなどの大量の放射性物質が原発の外に撒き散らされ、あるいは漏れ出して大気、大地、地下水さらに海を広範囲にわたって汚染した。

事故後にまとめた『震災歌集』から短歌を引用する。

被曝しつつ放水をせし自衛官その名はしらず記憶にとどめよ
原子炉に放水にゆく消防士その妻の言葉「あなたを信じてゐます」
如何《いかん》せんヨウ素セシウムさくさくの水菜のサラダ水菜よさらば

政府の対応もお粗末だった。

かかるときかかる首相をいただきてかかる目に遭ふ日本の不幸
日本に暗愚の宰相五人つづきその五人目が国を滅ぼす
高飛車に津波対策費仕分けせし蓮舫が「節電してください！」だなんて

当時は民主党政権だったが、問題の根は戦後一貫してつづけられてきた原発推進政策そのものにある。

さて事故直後は加害者と被害者がはっきりしていた。加害者は東電と政府。被害者は福島の人々と国民である。ところが、この加害者、被害者の構図がぼやけはじめたのは「風評被害」というあまり聞きなれない言葉が登場してからだった。

福島の桃が売れないのは消費者が風評に惑わされるからだ。これが風評被害の意味である。消費者は怪しい安全基準に頼らず、家族を守ろうとしているだけなのに、福島の生産者を苦しめる元凶にされてしまう。

この言葉はともに被害者であるはずの福島の生産者と全国の消費者の間に楔《くさび》を打ち込んで、被害者＝生産者、加害者＝消費者という新たな構図を作り出す。その一方で本来の加害者である東電と政府を対立の構図から外し、事故の本質を覆い隠してしまう。この言葉によって、いわば世界の構図が組み変えられる。

風評被害という言葉を原発事故に使った人が意図したかどうか、この言葉には東電と政府を擁護する効果がある。すべての言葉は計り知れない力を秘めているが、中には悪の力も含まれているのだ。

四世紀あるいはそれより前、文字のなかった倭の国に中国から漢字がもたらされたとき、このような世界の組み替えが次々に起こったはずである。その一つに死があった。当時の倭人たちは死という漢字の意味する命の断絶におののいたのではなかったか。倭人たちが親しんでいた「なくなる」「ゆく」「みまかる」などという大和言葉の表わす人の最期とは明らかに異質だったからである。

5

芭蕉（一六四四―九四）の『おくのほそ道』は江戸深川を発って北へ向かい、平泉にたどり着く。そこから山越えで日本海に出ると海沿いに大垣まで旅をする。全行程百五十日、二千四百キロの途中で訪ねたお寺を拾ってゆくと、興味深いことがわかる。主な寺をあげると、

雲巌寺《うんがんじ》（栃木県）臨済宗
瑞巌寺《ずいがんじ》（宮城県）天台宗→臨済宗
中尊寺（岩手県）天台宗
立石寺《りっしゃくじ》（山形県）天台宗
蚶満珠寺《かんまんじゅじ》（秋田県）天台宗→曹洞宗
那谷寺《なたでら》（石川県）真言宗
永平寺（福井県）曹洞宗

ここから浮かび上がるのはまず鎌倉仏教（臨済宗、曹洞宗）、その外側に平安仏教（天台宗、真言宗）という二つの宗教圏が水の輪のように広がっていることだ。もとは平安仏教の領域に、あとから鎌倉仏教が広まったことがわかる。その痕跡が天台宗から禅宗に改宗した瑞巌寺（臨済

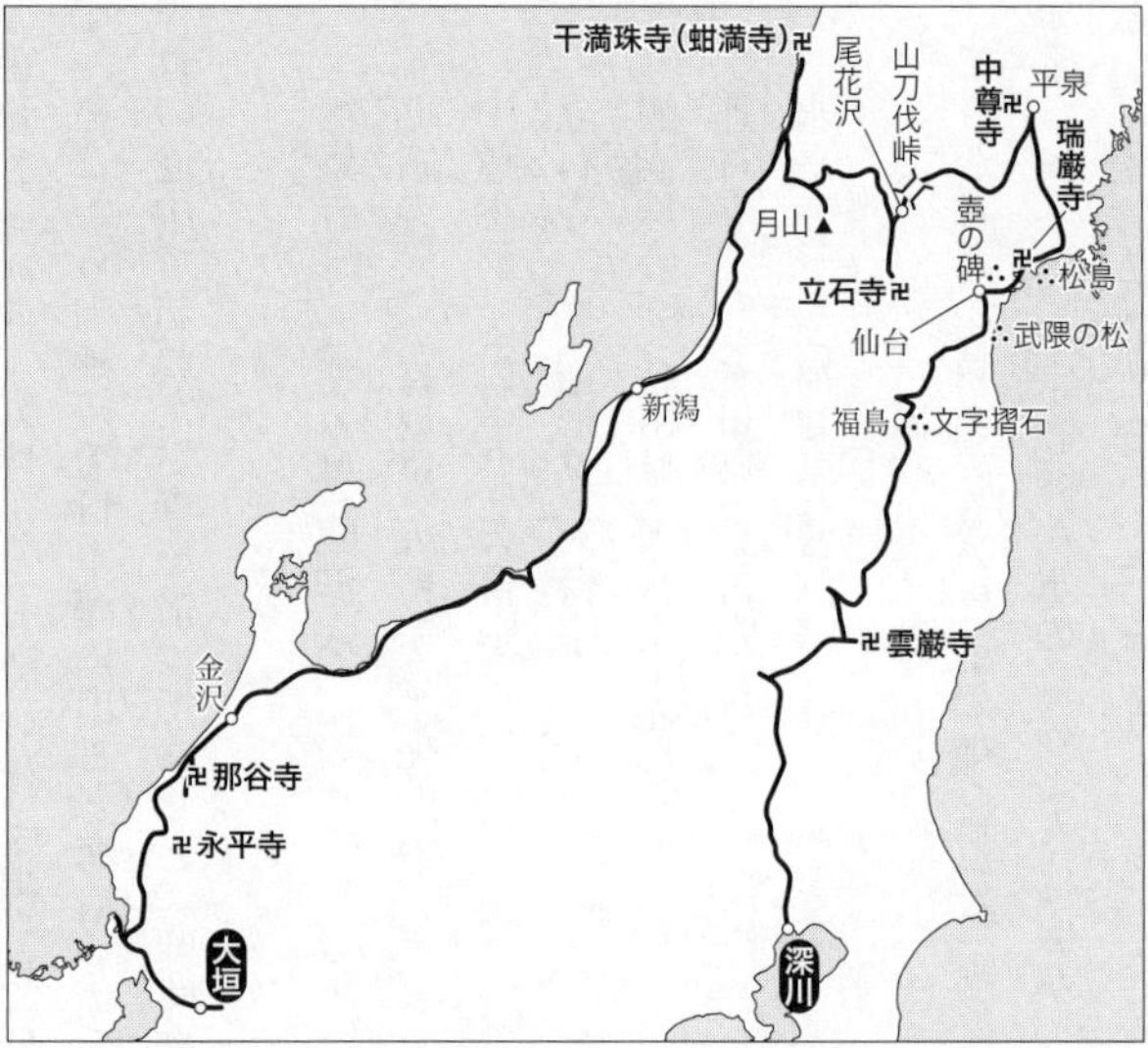

『おくのほそ道』旅程図と芭蕉の訪ねた寺

宗）や蚶満珠寺（曹洞宗）だろう。

この宗教地図の上で『おくのほそ道』を眺めると、江戸を発った芭蕉は鎌倉仏教圏を通り抜けて平安仏教圏をたどり、ふたたび鎌倉仏教圏に入って大垣に着いたことになる。

では平安仏教圏のさらに外にはどんな宗教圏があったのか。芭蕉は平泉で折り返したので、『おくのほそ道』には記載がないが、仏教伝来以前の宗教圏が広がっていただろう。『おくのほそ道』にはその名残りとみられる情景の記述がある。松島のくだりから引用する。

雄島《おじま》が磯《いそ》は、地つゞきて海に成出《なりいで》

たる島也。雲居禅師《うんごぜんじ》の別室の跡、坐禅石など有。将《はた》、松の木陰に世をいとふ人も稀《まれ》〳〵見え侍りて、落穂、松笠など打けぶりたる草の庵、閑《しずか》に住《すみ》なし、いかなる人とはしられずながら、先《まず》なつかしく立寄ほどに、月、海にうつりて、昼のながめ又あらたむ。

当時、世捨て人たちが住み着いていた松島の雄島が磯が描かれる。いま行くと、岩が波風にえぐられた洞窟のような窪みが方々にある。かつての風葬の跡である。

近くの里の人がなくなると、亡骸を岩の窪みに納めて波や風が清めるのに任せた。のちに仏教が広まると、この風葬の跡が仏道の修行場になった。

6

古代の日本で風葬が行われたのは松島のような海辺の岩場ばかりではない。山もまた死者を葬る場所だった。

平泉で折り返した芭蕉は山刀伐峠《なたぎりとうげ》を越えて尾花沢に出ると、そこから寄り道をして立石寺（山寺）を訪ねた。

山形領に立石寺と云《いう》山寺あり。慈覚大師の開基にして、殊《こと》に清閑の地也。一見すべきよし、人々のすゝむるに依《より》て、尾花沢よりとつて返し、其間七里ばかり也。日いまだ暮ず。梺《ふもと》の坊に宿かり置て、山上の堂にのぼる。岩に巌《いわお》を重て山とし、松栢年旧《しょうはくとしふり》、土石老て苔滑《なめらか》に、岩上の院々扉を閉て物の音きこえず。岸をめぐり、岩を這て、仏閣を拝し、佳景寂寞として心すみ行のみおぼゆ。

閑さや岩にしみ入蟬の声

「岩に巌を重て山とし」とあるとおり立石寺は奇怪な岩山である。つづら折りになった千段の石段を登ってゆくと、あちこちに雨風に洗われた岩窟がある。風葬の跡である。麓の里で人がなくなると、この岩山の岩窟に葬られた。

立石寺の開山は慈覚大師円仁(七九四―八六四)。第三代天台座主、比叡山延暦寺の最高位、平安初期の宗教界の頂点にいた人である。最後の遣唐使の一員として九年間、唐に留学した。比叡山にいて、いわば唐を中心とした九世紀の東アジアの国際的な空気の中で生きていた人でもある。立石寺ばかりか瑞巌寺、中尊寺、蚶満珠寺も円仁が開山である。

円仁が晩年、立石寺を開いたとき、まず山上をさまようあまたの悪霊を鎮めなければならなかった。長い歳月のうちに風葬された人々の亡霊が高僧には異教徒の悪霊と映ったのだ。

その円仁自身、遺言で立石寺に葬られることを望んだ。しかし天台座主の遺体を比叡山以外に葬らせるわけにはゆかない。延暦寺は思案の末、遺体を掘り起こし、首を切り離して比叡山にとどめ、首のない胴体に木彫りの首を添えて立石寺へ送ったという。

ぞっとする話だが、戦後(一九四八—四九年)、円仁を葬ったと伝える立石寺の円仁入定窟《にゅうじょうくつ》の調査によって、金箔の残る棺の中から木彫りの首と五体の人骨が発見された。うち一体が円仁の遺体かどうか、五人分の骨が出てきたのはその後、麓の里で亡くなった人の亡骸が円仁の棺に入れられたのだろう。

松島や立石寺に痕跡が残るように、仏教伝来以前の日本では人が亡くなると、近くの渚の岩場や岩山でさらされた。その魂も西方の極楽や地下の地獄へはゆかない。そこにとどまって懐かしい子孫や里人の暮らしを見守りつづける。

人は命を失うと、魂はすみやかに里から渚や山へ移行する。これが「なくなる」「ゆく」「みまかる」と呼ばれた現象である。そうした死生観がかつて日本中の島々にはあった。

さて別件。皮膚癌の術後の経過を診るために今年二〇二〇年一月、慶應病院で三度目のPET検査を受けた。結果は「明らかな再発、転移を疑う所見を認めません」というのだった。主治医の大内医師は「逃げきれているようですね」と今回も慎重に診立てを語った。

逃げきる？ つまり病魔（またの名を死神）は目の前に現われるのではなく、いつも背後から追いかけてくる。だから追いつかれ、襲いかかられても死神の顔はその人には決して見えないのだ。

7

芭蕉にとって元禄七年（一六九四年）は大変な年だった。

五月、大坂の門弟同士のもめごとを仲裁するため、体調優れぬまま江戸を旅立つ。前年からつづく両替商越後屋の手代たちとの俳諧選集『炭俵』の制作に疲れ果てていたのである。郷里の伊賀上野、奈良を経て重陽の九月九日、大坂にたどり着くが、翌日晩に発病、十月十二日夕、帰らぬ人となった。

亡骸はその夜、舟で淀川をさかのぼって琵琶湖の南岸の義仲寺に葬られた。死期を察したこの国の人が葬られたいと願うのは人里近い渚か山である。

私の郷里の墓は町を見下ろす山の中腹にある。大きな墓石を囲んで名も忘れられた小さな墓石が並んでいて、そこに立つと平野の彼方に不知火海《しらぬいかい》と宇土《うと》半島が見え、その先に天草の島山や長崎の山なみが青く霞んでいる。

年寄りから聞いた話だが、ある年、お盆の前に墓山の草取りをしていると、遠くの青い山影の一点がピカッと光ったという。長崎の原爆の閃光だった。少年のころ、不知火海の南の水俣湾はチッソ工場の垂れ流す有機水銀廃液で汚染され、沿岸の人々を苦しめていた。私の小さな世界の外には過酷な世界が広がっているらしかった。

墓のある山は山桜の木があちこちにあって、彼岸を過ぎると日に日に花の色に染まるのが麓の町からも眺められた。一度、昔のように墓の前に茣蓙を敷いて日が暮れるまであたりの桜を眺めたいとも思うのだが、はるかな夢のままである。

元禄七年秋の大坂に戻ろう。

秋深き隣は何をする人ぞ　　芭蕉

亡くなる十日ほど前、九月二十八日の句である。「秋深し」と覚えている人もいるが、それだと、秋も深まった。隣の人は何をしているんだろうという意味になる。さらに何をしていようが自分には関係ないという殺伐たる俗解まで生むことになる。

「秋深き隣」はこれとまったく異なる。秋の深みにしんと静かにいる隣の人よ。物音一つたてず、何をしているのかと病に伏せりながら晩秋の静寂の奥を探っている。「し」と「き」、一字の違いで俳句の解釈はこれほど違ってしまう。

この句は杜甫（七一二―七七〇）の「崔《さい》氏の東山の草堂」最終二行を踏まえる。

何為《す》れぞ西荘の王給事
柴門空しく閉じて松筠《しょういん》を鎖《とざ》す

杜甫は安禄山の乱（七五五―七五七年）の嵐ののち、長安郊外藍田山《らんでんさん》の崔氏の別荘に招かれた。西隣りに大詩人王維（六九九―七六一）の輞川荘《もうせんそう》があった。王維は反乱軍の長安占領中、安禄山に仕えたことを苛《さいな》められ、給事中（皇帝顧問）から降格された。西隣りの王維の山荘はなぜ門を閉めて松や竹を封じ込めているのか。憂愁に沈む王維を案じる詩である。

芭蕉の「秋深き隣」の句は、杜甫の詩から具象物をすべて捨て去って「隣」一字に昇華させている。

8

「秋深き隣」の句を芭蕉は九月二十八日、ある歌仙の発句(最初の句)として作った。歌仙とは何人かの連衆(参加者)が発句以下、長句(五七五)と短句(七七)を交互に三十六句詠み連ねる連句の一形式である。

芭蕉は翌二十九日、弟子の芝柏《しはく》が開く歌仙の会に招かれていたが、体調悪く出席できそうにない。そこで歌仙の発句として、この句を送り届けたのだ。

歌仙の発句に置けば、この句の「隣」は芭蕉が病に伏せる家の隣、さらにはしんと静まる王維の山荘の面影を漂わせながら、発句の隣に並ぶ脇の句への呼び出しとして働く。さあ芝柏よ、どんな脇の句を付ける?

たしかに「秋深き隣」の句は歌仙の発句に置けば脇への誘い水になる。しかし歌仙の発句としての働きだけで、この句が片づくものではない。この句の「隣」はそれをはるかに超える深みをたたえている。その深みはどこから来るか。

十月十二日、芭蕉が亡くなるのは大坂久太郎町御堂前、花屋仁左衛門の静かな貸座敷だった。御堂は東本願寺難波別院（南御堂）、門前に供花を売る花屋があったのだろう。今は御堂筋の路上である。

しかしこの句を詠んだとき、芭蕉はまだ本町にあった弟子の之道《しどう》の家にいた。本町は船場の真ん中、近江商人たちが作った町で昔も今も大坂の商いの心臓である。之道は薬種商だった。当時の大坂は舟の行き来する運河の町である。船場は四方を運河で仕切られた長方形の町で、その西境、西横堀川から東に入った町中に之道の家はあった。

病に倒れて之道宅の奥座敷に横たわっていると、あたりはひっそり静まっている。その静寂の向こうに耳を澄ますと船場の町の賑わいがかすかに響いてくる。幻のようなその音に聞き入るうちに不思議なことが起こった。

それは五年前の夏、『おくのほそ道』の旅の途上、立石寺の岩山の上で、

閑さや岩にしみ入蟬の声

この句ができたときと似ていた。岩にしみ入るほど、しんしんと鳴きしきる蟬の声を聞くうちに、芭蕉は現実の世界をふっと忘れて天地に満ちる宇宙の静寂に包まれるような気がした。それがこの句の「閑さや」だった。

あるいは八年前の春、江戸深川の芭蕉庵で句を案じていたとき、どこからか蛙が水に飛び込む音が聞こえて、

古池や蛙飛こむ水のおと

そう詠んだときも同じだった。あのとき芭蕉の心に浮かんだぼおっとした静寂のかたまり、それが古池だった。

町中の座敷に横たわる芭蕉の身にそれと同じことが起きていた。遠くに聞こえる荷車の音、舟の艪のきしみ、人々のざわめきに耳を傾けるうち、また永遠の静寂を見つけてしまったのだ。その静寂こそが「秋深き隣」だった。

何光年も離れたはるかな宇宙空間に浮かぶ白い部屋。その「秋深き隣」にはいったい誰がいたのか。「何をする人ぞ」の人とは誰なのか。芭蕉はこのとき、遠からず自分に訪れようとし

ている死がそこにそっとたたずんでいるのを知ってしまったのではなかったか。果たして芝柏はどんな脇の句を付けたか。この歌仙は残っていないので知りようがない。

芭蕉はこのとき死の姿を見たわけではない。死の気配を感じただけである。だからこそ「隣」なのだ。そこに存在しているのに壁や襖や塀に隔てられて見えない場所、それが「隣」。深い言葉である。

9

おもかげや二つ傾く瓜の馬　石田波郷

歳時記を開くと、「瓜の馬」という季語が見つかる。八月十五日(東京などは七月十五日)のお盆は先祖の霊を家に招いてもてなす初秋の行事である。その送り迎えをするのが瓜の馬。瓜や胡瓜に四本の苧殻《おがら》の足を刺して馬に仕立てる。波郷(一九一三―六九)の句の「二つ」とは父のための瓜の馬、母のための瓜の馬が魂棚《たまだな》に供えてあるとみてもいい。

瓜の馬と並んで歳時記には瓜の牛、茄子の馬、茄子の牛も出てくる。これをみると、先祖の送り迎えは馬でも牛でもいいし、材料は瓜でも茄子でもいいことになる。果たしてそうなのか。

いま角川書店で『俳句大歳時記』全五巻の大掛かりな改訂が進んでいて、あるとき編集委員会でこの話をすると、

「昔はそうじゃなかった。お盆の前にご先祖さまを迎えるときは、早く家に来てもらいたいから足の速い馬、お盆がすんで送るときは名残りを惜しみながらゆっくり帰ってもらいたいから足ののろい牛。馬は瓜、牛は茄子で作った。瓜は馬に、茄子は牛に形が似ているから」ということだった。

これでゆけばもともと、先祖の迎えは瓜の馬、送りは茄子の牛だった。ところがいつの間にか本来の形が忘れられて、瓜の牛でも茄子の馬でもいいことになったということか。それともこの説明が後付けなのだろうか。

お盆に関してもう一つ、子どものころから疑問に思っていることがある。善人が死ねば極楽に往生し、悪人が死ねば地獄に堕ちる。ならば、せっかく極楽に往生した人がお盆だからといって、万事快適な西方の極楽浄土からはるばる厄介な娑婆へ戻ってきたいだろうか。

地獄はさらに難しそうだ。いくら帰りたいと願っても地獄の残忍な鬼どもが、お盆の間だけ罪人たちを針の山や血の池の責め苦から解放するだろうか。そのまま逃亡でもされたらどうす

るのか。

六世紀に仏教が伝わると、日本人は古くからの風習となごやかに共存させた。仏教伝来以前の日本人は人が死ねば亡骸とともに魂も近くの渚や山にゆくと考えた。黄泉《よみ》と呼ばれる死者の国は、里から地続きに野道や黄泉《よもつ》比良《ひら》坂《さか》を歩いてゆける渚や山にあった。そこなら初秋の先祖祭には里へすぐ帰れる。この太古の先祖祭に仏教のお盆が重なった。

人は死ねば極楽か地獄にゆくが、お盆には善人も悪人もどこからか瓜の馬に乗って帰ってくる。今も日本人はそう思っている。何と融通のきく頭ではないか。

第四章　地獄は何のためにあるか

蕪村《蘇鉄図》

1

人間はなぜ死後の世界を妄想するのだろうか。

死は肉体と精神の消滅にほかならない。ならば魂の不滅はありえず、それにもとづく死後の世界も存在しようがない。にもかかわらず人類は誕生以来、死後の世界を思い描いてきた。

死後の世界にかかわるものをすべて、ピラミッドもシスティーナ礼拝堂も東大寺の大仏も削除してしまえば、人類の文化はずいぶん貧相なものになるにちがいない。人類の多彩で豊かな文化は死後の世界という幻想つまりフィクション（虚構）の上に築かれている。人類が言葉で創造したもっとも巧緻なフィクション、それはいうまでもなく神である。しかしだからといって神は無力ではなく、むしろ有力なのだが、それがフィクションであることは知っているほうがいい。

親にはぐれ泣き叫ぶ子を見ぬふりに逃げてゆきたりわれもその一人
木麻黄《モクモー》の枝に首吊り揺れゐたり集団自決にはぐれたるひと

捕虜になるよりも死ねとぞ教へたるわれは生きゐて児らは死にたり

桃原邑子《ゆうこ》(一九一二―九九)の『沖縄』は慚愧《ざんき》の歌集である。第二次世界大戦末期、沖縄で繰り広げられた地上戦に巻き込まれた住民たちの悲惨を描く。

一瞬に爆《は》ぜたるからだ見おろしてをりしか子の魂《たま》うろたへながら

桃原の十三歳の長男良太は台湾で特攻機のプロペラに巻き込まれて命を落とした。昭和二十年(一九四五年)、沖縄戦がはじまった四月のことである。

プロペラの羽根の一撃を浴びた瞬間、長男の魂は肉体を離れて空中に舞い上がった。その魂が何が起きたのかわからぬまま、裂けてしまった自分の体を空中から見下ろしている。このあと魂はどこへゆくのだろうか。一瞬のできごとだが、ここから長男の死後の世界がはじまる。

和泉式部や西行(一一一八―九〇)は自分の肉体からさまよい出る魂を詠う。

もの思へば沢のほたるもわが身よりあくがれ出《い》づるたまかとぞ見る　和泉式部

京の北、貴船神社に参籠《さんろう》したときの歌なのでふつう神祇《じんぎ》に分類されるが、明らかに恋の歌である。「もの思へば」とは単にもの思いにふけるのではなく、誰かを恋うこと。貴船川の沢を飛び交う蛍はわが身から恋い焦がれてさまよい出たわが魂のようだというのだ。

よし野山こずゑの花を見し日より心は身にもそはず成にき　西行
よしの山花の散にし木のもとにとめし心は我を待らん

第一首は心が体の中にないといい、第二首は心が私を待っているという。どちらの歌も吉野山の花に憧れて心が体から離れてしまっている。

和泉式部にしても西行にしても、あるいは恋にしても花にしても、心が身から離れる魂の遊離はなぜ起こるのか。正確には人間はなぜ自分の魂が遊離していると思うのか。それは人間が言葉をもっているからだろう。

2

心という言葉、体という言葉があるからこそ人間は心と体を分けて認識する。心が体を離れてさまようことも想像できる。現実にはない虚構(フィクション)を生み出す言葉の力によって、人間は心と体を別のものとしてとらえることができるのだ。言葉を知らない動物にこれはありえない。

虚構を生む言葉の力。いや言葉がすでに虚構なのだ。藤原定家(一一六二—一二四一)の歌はそれを示している。

見わたせば花も紅葉もなかりけり浦のとまやの秋の夕暮

花も紅葉もないといいながら、読者の心には薄墨色の夕暮れに重なって花や紅葉がほのぼのと浮かび上がる。これが言葉の幻術によって出現する虚の花、虚の紅葉である。

人間が死後の世界を妄想するのも、この言葉の虚構の力によるのではないか。前にも引いた

和泉式部の歌、

あらざら覧《らん》この世のほかの思《おも》ひ出《い》でにいまひとたびの逢ふこともがな

この歌は「あらざ覧」でいったん切って解釈されているようだ。私はこのまま死ぬでしょう、「この世のほか」来世への思い出にいま一度あなたにお逢いしたいという意味になる。

しかしながら「あらざ覧」で切らず、そのままつづけて「あらざ覧この世のほか」存在しない来世とも読める。その意味をこの歌は匂わせているのではないか。あるかどうかわからない来世などあてにせず、あなたとの恋の思い出にもう一度お逢いしたい。どちらにしてもこの世での恋に執着する歌である。

「あらざ覧この世のほかの思ひ出」とはありもしない来世への思い出である。持ってゆく先のない思い出であり、無明の闇をさまよう思い出だろう。何と切ない思い出ではないか。

私の郷里は熊本県南部の小さな町である。九州山地の懐から砂川《すながわ》という川が不知火海《しらぬいかい》へ流れ、その川の北側の土手に沿って町の通りがある。

東に小高い山がある。太陽がそこから昇るので日岳と呼んでいたが、子どものころ、別の話を聞いたことがある。倭建命《やまとたけるのみこと》が九州の熊襲《くまそ》を攻めたとき、人々をこの山に追い込んで火をかけて焼き滅ぼした、それで火岳というのだ。

大航海時代、長崎や天草では南蛮交易がさかんだった。不知火海にもポルトガルやスペインの船が出入りした。少年時代、自転車で海に行き、赤い花十字の帆に南風を孕ませて松林の向こうを滑るカラック船を見た夢のような記憶がある。夢もまた経験と同じく歳月の力で記憶となって見分けがつかなくなるらしい。

豊臣秀吉の桃山時代、キリシタン大名の小西行長(生年不詳—一六〇〇)が肥後南半と天草を治めた。領民にはキリシタンも多かったろう。ところが関ヶ原の合戦(一六〇〇年)で徳川方が勝利すると、敗れた豊臣方の行長は切腹を拒んで斬首。領地は肥後北半を治めていた徳川方の加藤清正に褒美として与えられた。

清正は大のキリシタン嫌いで知られ、ライバルだった行長の旧家臣たちを容赦なく磔《はりつけ》や打ち首にした。イエズス会の宣教師たちが悲惨な話をいくつもローマ法王庁に報告している(片岡弥吉『日本キリシタン殉教史』)。

八代のシモン竹田五兵衛《ごびょうえ》は自宅の大広間で斬首。ヨハネ南五郎左衛門は熊本へ連行されて斬首。竹田の母ヨハンナと妻アグネス、南の妻マグダレナと七、八歳の養子ルドビコの四人は刑場で十字架に架けられた。

慈悲役（キリシタンの指導者）のミカエル三石彦右衛門とヨハネ服部甚五郎はその子十二歳のトマス三石、五歳のペトロ服部ともども斬首され、ペトロ以外三人の体は切り刻まれた。

3

郷里の町は小さいわりに寺が多い。日蓮宗、浄土真宗、中央の通りだけで三つある。あれはキリシタンを取り締まるためではなかったか。

突き当たりの丘の上にある日蓮宗の寺は八月十六日の閻魔《えんま》さんに地獄絵を境内に掛け連ねた。この寺の幼稚園に通っていたのだが、その日は夕方になると大人に連れられてまた寺の石段を登った。

電球提灯の薄暗い明かりに浮かぶ、どれも血塗られたように真っ赤な掛け軸。怖がる妹の手を引いて近づくと、肉を切り裂かれながら剣の山をよじ登らされる男、魔物の舌のような炎に炙られる女、空から襲いかかる巨大な怪鳥につつかれる男、そして鉄の棒を持って罪人たちを責め苛《さいな》む鬼や牛頭馬頭《ごずめず》の姿が見えた。

地獄図は極楽図よりはるかに迫力がある。蓮の花の上で眠りこける善人より、犯した罪ゆえに責め苦にあえぐ悪人のほうが誰でも身につまされるのだ。

阿弥陀如来の主宰する極楽浄土は西の夕焼け空の彼方にあるというが、地獄はどこにあるのか。地下七千キロメートルの等活《とうかつ》地獄にはじまり、そこから下へ黒縄《こくじょう》、衆合《しゅごう》、叫喚《きょうかん》、大叫喚、焦熱《しょうねつ》、大焦熱とつづいて阿鼻《あび》地獄（無間地獄）にいたる。下へゆくほど凄みが増す。これが八大地獄（八熱地獄）である。罪人は罪の種類と程度で堕ちる地獄が決まる。

地獄は人間が犯す多種多様な悪を反映して枝分かれし増殖を重ねて巨大になった。地獄は人間の世界の陰画なのだ。さながら地下の闇黒に逆さまにそびえる罪と罰の八階建てデパート、あるいは悪のテーマパークのようではないか。

それでは人間はなぜありもしない死後の世界に地獄を想定しようとするのだろうか。

すでに書いたように人間は欲望の動物である。最たるものはお金と性。この二つをめぐってつねに争い合う。人間の罪つまり犯罪も、国家の罪つまり戦争もすべて欲望が引き起こす。罪を犯せば地獄に堕ちる。この単純明快な脅しは個々の人間や国家の指導者にとって殺人や戦争の抑止力として働くだろう。いいかえれば地獄には多少とも人間の世界の悲惨を和らげる効果がある。もし地獄がなければ地球がまだ残っていたかどうか、世界は今よりもっと陰惨だったにちがいない。

もう一つ地獄には罪を犯す人間への脅しとは別の重大な働きがある。それは善と悪の収支均衡を図ること。人間の世界では必ずしも善人が幸福になるとはかぎらない。それどころか悪人が出世したり金持ちになったりする。この不条理はこの世だけでは解消できない。善悪の収支不均衡を解消する「あらざ覧この世のほか」の仕掛け、それが地獄なのだ。

4

ある国の話である。五十年前、新型コロナウイルスと呼ばれる病原体が人類を襲ったとき、その国の政府のとった的確な対応は今も賞賛に値する。

前年の冬、中国武漢の医師が「原因不明のウイルス性肺炎」を報告してから、この感染症はまたたく間に世界中に拡散した。危機が長期に及ぶと賢明にも察知したその国の首相は、ただちに三つの直属部署を設置して事態に対処した。

一つはウイルスの正体をつきとめ、感染の予防、検査、治療を統括する医療研究チーム。のちに治療薬とワクチンが開発されたが、第二、第三の大流行が襲い、人類は今も脅威にさらされている。

次に人々の暮らしを守る生活雇用チーム。多くの企業が倒産あるいは従業員を解雇したために、食事やローン返済にも困る失業者があふれた。その国が行ったのは困窮者の直接支援、所得再配分のシステム作り、新しい雇用の創出だった。

もう一つは人類が生き延びるにはどんな社会でなければならないか、ウイルスを押さえ込みながら共存する社会の仕組みを作る共存社会チーム。ウイルスのもたらした危機によって人々の生活も世界の構造も一変した。そのいくつかはこのチームが計画したことだった。

幸いなことにその国には「全世帯にマスクを二枚ずつ配る」というブラックユーモアに税金を使う首相も、感染症対策を自分の選挙運動と混同する都知事もいなかったのである。

夏 富 士 や 大 空 高 く 沈 黙 す　櫂

振り返ると、弓なりにつづく砂浜の果てに巨大な富士山が浮かぶ。神奈川県藤沢市の湘南海岸。太平洋の波が打ち寄せる広々とした砂浜は毎年夏には海水浴客で埋まるが、今年(二〇二〇年)は二、三人の少年がサッカーボールを追いかけ、散歩の人影を見るだけ。今まで喧騒に覆われていた永遠の静寂がまた姿を現わしたかのようだ。

人類の先祖がアフリカを旅立ってから六万年。いくつもの文明が栄えては滅んでいったが、波の打ち寄せる海辺の風景は変わらない。六万年の間、人類は悠久の海のほとりで無邪気に遊んでいたようなものだろう。サッカーボールを追いかける少年たちのように。

一九九一年(平成三年)十二月、ソ連(ソビエト社会主義共和国連邦)が突然崩壊し、戦後の長い東西冷戦が幕を閉じたとき、次はグローバル化(地球化)の時代だと騒がれた。このとき未来への夢として語られたグローバル化とは文化全体のグローバル化だった。それまでのように欧米の文化が世界を席巻するのではなく、地球上のさまざまな文化が生み出した優れた様式(たとえば箸)が人類共通の文化として選ばれてゆく、文化の自由競争をさしていた。

ところが明るいはずの夢が実際にもたらしたものは経済の野放図なグローバル化だった。これが元凶となって人と人、国と国との貧富の差を拡大させ、ウイルスまで世界中に撒き散らした。今、どの国の人々も自分の家、自分の国に閉じ籠っている。皮肉にも経済のグローバル化がその終焉をもたらそうとしている。

人類は苦い幻滅の中にいる。

5

ヨーロッパは昔から幾度もペストに襲われた。ボッカチオ(一三一三―七五)の『デカメロン』は一三四八年、ペストを恐れてフィレンツェ郊外に避難した十人の若者が憂さ晴らしに語った百の話という趣向をとる。健康な若者たちが暇つぶしにするおしゃべりといえば、恋とセックス以外ありえない。

『デカメロン』から立ち上がる虹色のエロスにはほど遠いが、私も家にいて死の思索をつづけたい。天国と地獄の話に戻ろう。人間が想像する地獄は現実の世界に対して殺人や戦争をためらわせる抑止力、脅しとして働く。同じように天国(極楽)も人間に対して支配力をもつ。

誰もが現実の世界の中だけで生きていると思っているが、現実の世界は天国や地獄というフィクション(虚構)と分かちがたく融合している。

十字軍時代(十一―十三世紀)、ヨーロッパで奇妙な噂が人々を恐れさせた。イスラム教のある教団が屈強の若者を選んで秘密の楽園に幽閉し、酒と美女と薬(ドラッグ)で快楽の虜にする。やがて若者は現実の世界へ戻されるが、去り際にここに戻りたければ教団が与える使命を果たせと命じられる。

快楽の味が忘れられない若者は命がけで使命を果たそうとする。こうして鍛え上げられた恐るべき暗殺者がイスラム教の他宗派の長老やヨーロッパの王侯を密かに闇に葬っているというのだ。

高校時代、中央公論社の『世界の歴史』の一冊で読んだこの話が忘れられない。ここに書くのは、これが自爆テロの起源であるとかイスラム教は過激な宗教であるなどといいたいのではない。過激な原理主義ならすべての宗教に潜んでいる。この話の楽園が若者を操る力と、天国が人間を支配する力がよく似ているからである。人間を支配者に対して従順にさせる力といえばいいか。

高山右近(一五五二―一六一五)は小西行長とともに豊臣秀吉に仕えたキリシタン大名である。洗礼名は正義の人を意味するユスト。キリスト教伝来(一五四九年)からすでに半世紀、キリシタンは日本の人口千二百万人のうち三十万人に及んだ。四十人に一人である。その一人、右近は敬虔なキリシタンの父母の間に生まれたキリシタン二世だった。

秀吉ははじめ織田信長と同じくスペインに友好的であり、キリスト教にも寛容だった。ところが九州に出兵したとき、長崎がすでにイエズス会領であることに驚いて禁教に転じ、一五八七年（天正十五年）、バテレン追放令を発布する。

秀吉に従軍していた右近の宿舎にも棄教を命じる使者が来る。右近の身を案じる武将たちは表面だけでも命令に従うよう懇願するが、右近はこう答えるのだ。

信仰を捨てて、デウス（神）に背けとの仰せは、たとえ右近の全財産、生命にかけても従うことはできないのです。それはデウスとの一致こそわれわれ人間がこの世に生まれた唯一の目的であり、生活の目標でありますから、デウスに背くことは人間自らの存在意義を抹殺することになります。

（『日本キリシタン殉教史』）

「デウスとの一致」とは神の国（天国）で神のかたわらにあること。そのためには現実の世界のすべて、財産も生命も捨てて構わない。右近は天国に支配されていた。このとき三十五歳、明石六万石の領主だった。

所領を奪われた右近は親しい大名のもとを転々とするが、徳川政権下の一六一四年、キリシタン追放令によって家族とともにマニラに追われ、四十日後、穏やかな死を迎える。

6

天国と地獄は人間に対して飴と鞭、懐柔と脅迫として働く。しかもしばしば地上の権力者と結びついて（右近の場合はローマカトリック教会と結びついて）人間を従順かつ忠実な僕《しもべ》に変える。秀吉はそれを恐れた。天国と地獄にはこの飴と鞭という露骨なやり方とは別のもっと洗練された力もある。

見渡してみれば人間の世界は公平にできていない。それどころか完全に不公平な世界である。人種、出自、容貌は運命だからしかたないと諦められる人も、善と悪の不公平は許せない。毎日こつこつ働いても食べることさえままならない人がいる。その一方で汚い手を使って財を蓄え、贅沢三昧をする人もいる。善行を積んだおかげで幸福になった、悪行のせいで不幸になったとはならない。行為とその行為のもたらす結果を天秤にかければ多くの人が釣り合わない。つまりこの世は不条理なのである。

そのまま放っておけば、大多数の人々が現実の世界の支配者、権力者に不満を募らせる。溜まりに溜まった不満はやがて爆発し、不公平な現実の世界を覆そうとするだろう。なぜなら現実の世界では幸福な人より不幸な人の数が圧倒的に多いからである。

そうさせないためには、どうするか。不公平な現実の世界、この世だけを見ないことである。死後の世界、あの世を想定し、そこに天国と地獄を作り上げる。そうすれば因果応報、この世で善行を積んだ人は必ず天国へ行ける。逆に悪行を尽くした人はいくらこの世でいい目をみようと地獄へ堕ちる。

この世の行為と結果の収支不均衡をあの世で帳消しにする。これなら懐柔と脅迫という手段によらなくても人々は納得するだろう。天国と地獄は人類の大発明だった。ただしそれは権力者が現実の不条理を覆い隠して今の世界を維持するための装置だったことを忘れてはならない。

ダンテ(一二六五—一三二一)が晩年に書いた『神曲』は地獄、煉獄、天国の三部作だが、抜群におもしろいのは何といっても地獄編である。

そこに描かれるのはエルサレムの地下深く九層にわたって逆さまにそびえる、巨大なすり鉢状の地獄である。人生の道半ば、暗い罪の森に迷い込んだダンテは猛獣に追われていたところ、古代ローマの大詩人ウェルギリウスと出会い、地獄めぐりをすることになる。そこでダンテが見たのは生前の悪行ゆえに責め苦に苛まれる罪人たちの姿だった。

7

裸の男が空から真っ逆さまに落ちてきて、燃えさかる坩堝《るつぼ》に呑み込まれようとしている。男の上半身はすでに坩堝の中で炙られているのだが、驚いてあたりを見回す恐怖の表情が真っ赤に焼けた坩堝の壁を透してみえる。

そのかたわらの小道を、誰かを抱きかかえて大股で近づく大柄な人影がある。地獄めぐりをつづける古代ローマの大詩人ウェルギリウスとダンテである。

ウイリアム・ブレイク（一七五七―一八二七）は産業革命時代のイギリスの詩人にして画家。晩年、ダンテに熱中し、『神曲』の挿絵を水彩で描きつづけた。もともと肉眼で見たものを描くのではなく心で見たものを描く画風。ここでもダンテが言葉で表わしたヴィジョンを絵に蘇らせている。ここで紹介したのは数々の挿絵の中でもっとも力強く印象的な『地獄篇』第十九歌の挿絵である。

そこに描かれる逆さまの裸の男はミケランジェロ風の若々しい肉体からは想像もつかないが、ローマ法王ニコラウス三世（在位一二七七―八〇）。ローマの貴族オルシーニ家の出身で法王の座につくと絶大な権力をほしいままにし、近親者や縁故者を取り立てた。

ダンテの少年時代にわずか三年間、在位しただけだが、『神曲』で地獄に堕とされたのは法王時代の悪行が長く語り伝えられていたからだろう。現代でいえば最高権力の座にあってルールも世論もどこ吹く風、恥知らずにもやりたい放題な政治家のようなものだろうか。

彼つまりニコラウス三世は地獄の燃えさかる坩堝の中にぶら下げられて生前の罪の償いをさせられているのだ。

それぞれの穴の口から外に
一人ずつ罪人の両脚の
腰より下が突き出て、残りは中にあった。

全員の両足裏に火が燃え盛っていて、
そのために膝関節が激しく震えていた、
たとえ紐や縄で縛られていたとしても断ち切ったであろうほどに。

ちょうど油を塗ったものから上がる炎が
決まって表皮の上だけを滑っていくように、
そこでは踵から爪の先まで炎が広がっていた。

（原基晶訳『神曲　地獄篇』）

ニコラウス三世は在位三年にして脳卒中で急死した。いわば幸運にも数々の悪行の報いを受けぬまま、善悪不均衡のままこの世を去った。それは不公平というものである。そこで地獄で苛烈な火責めに遭っているのだが、これでやっと善悪の天秤が釣り合うことになる。

おお、至高の知よ、何という御業を
空に、地に、悪の世界にお示しになるのか、
しかも何と公正にあなたの御力は配剤なさるのか。

ダンテは悪事を働いた者を責め苛む「至高の知」すなわち神を惜しみなく賛美する。地獄の亡者たちは「正しく罰せられている」のである。

ニコラウス三世は火責めにあえぎながらダンテを、よりにもよってダンテの天敵ボニファテイウス八世（在位一二九四―一三〇三）と勘違いし、呪いの言葉を投げつける。

するとその者は叫んだ。「おまえ、もうここに立ってるのか、
おまえ、もうここに立ってるのか、ええ、ボニファティウス。
あの本はそれは数年後のことだと俺に嘘をついた。
おまえはこんなにも早くあの富に飽きちまったか。
それ欲しさに、恐れ気もなく、かの麗しい貴婦人を
騙して奪い、その後で引き裂いたのに」。

翻訳者、原基晶の解説によると「かの麗しい貴婦人」とはキリストの花嫁である教会のこと。

8

ボニファティウス八世はフィレンツェの支配を目論んで内紛を扇動し、ダンテがフィレンツェから永久追放となるよう画策した黒幕である。この法王も数年後には地獄に堕ちて火の坩堝に逆さまに埋められ、焼かれる運命にあるとニコラウス三世はいうのだ。

ダンテは『神曲』の中で法王を地獄に堕として鬱憤を晴らしている。現世での仕打ちに対する復讐である。そうしなければ善悪の天秤は傾いたまま、ダンテの怒りは鎮まりようがない。

ありもしない死後の世界を想像し、そこに地獄を妄想するのは現世だけでは水平にならない善悪の天秤を、死後の世界を勘定に入れることでどうにか均衡させるためだろう。もし地獄を想定しなければ善悪の天秤は傾いたまま、人々の不満はふくらむばかり。しまいには爆発し、不公平な現体制を覆しかねない。つまり地獄は現体制の維持のためにあるのだ。

さて人間が妄想した地獄を模した施設が地上にある。刑務所、監獄である。

なぜ人類の社会には太古の昔から刑務所あるいはそれに相当するものがあるのか。それはこの世の善悪の不均衡を、あるかどうかもわからない死後の地獄を待たず、この世で清算しようという性急な情熱の産物にほかならない。だからこそ刑務所は地獄によく似ている。

刑務所の目的は何か。近代以降、人道主義者は罪人の更生、社会復帰こそ目的であるという。しかし勘違いしてはいけない。刑務所も刑罰も存在理由の第一は罪を犯した人間を野放しにしておくわけにはゆかない、罪人は罰を受けなければならないと誰もが考えるからである。

目には目を。犯した罪は償わなければならない。本人が進んで償おうとしなければ、誰かが強制的に償わせなければならない。償うことによってのみ、善悪の天秤は水平に戻る。刑務所も刑罰もそのためにある。

国家が成立する基本的な条件は税金と軍隊である。戦後の日本でも税金があるのはもちろん、自衛隊と米軍が軍隊の役を果たしてきた。

しかしこの二つのほか刑罰もまた国家の重要な要件である。もともと個々人に所属していた刑罰権すなわち復讐の権利を、ある時点から国家が召し上げて一手に行使するようになった。ならば国家による刑罰権の行使、刑事手続きも刑の執行も公正でなければならない。

もし公正でなければどうなるか。

9

五十ぜん程と昼来て金をおき　『誹風柳多留』

元禄十五年（一七〇二年）十二月十四日夜、江戸で赤穂浪士の吉良邸討ち入り事件が起こった。この事件はさまざまな芝居となり、半世紀後には『仮名手本忠臣蔵』として集大成される。以来、人形浄瑠璃と歌舞伎の人気演目である。討ち入りの前夜、四十七人の浪士たちは蕎麦屋に結集し蕎麦を食べたという、まことしやかな話まで生まれた。

若き主君浅野《あさの》内匠頭《たくみのかみ》の無念を晴らした大石内蔵助《おおいしくらのすけ》ら家臣たちの美談として語り伝えられるが、ありていにいえば少々思慮に欠けた主君のせいで苦労する家臣たちの健気な物語である。それが今も美談として絶大な人気を誇るのは、無能な上司のせいで詰め腹を切らされる部下がいかに多いかを物語っているだろう。

いくら底意地の悪い吉良上野介《きらこうずけのすけ》にねちねちと侮辱されたからといって、家臣を思えば一藩の主が殿中松の廊下で刀を抜いて切りつけてはいけない。切れそうな堪忍袋の緒なら何度でも繕ってしっかり結んでおくのが藩主たる者の務め、などといっても後の祭り。内匠頭は吉良の額に一太刀浴びせてしまった。

問題は幕府の裁定だった。その日のうちに浅野内匠頭には切腹が命じられ、浅野家は改易、赤穂城は幕府が接収することが決まった。改易とは領地没収、身分剥奪の重刑である。ところが相手方の上野介はお咎めなし。

このとき善悪の天秤が大きく傾いてしまった。いいかえれば幕府の刑罰権が公正に行使されなかった。少なくとも浅野家の家臣や江戸市民にはそうみえた。

公儀による裁きが不公平なら、残された道は自分たちで善悪の天秤を水平に戻すしかない。そこで四十七人の赤穂浪士は雪の積もった満月の夜、吉良邸に討ち入って上野介の首をとった。幕府に差し出していたはずの復讐権を取り戻し、みずから行使に及んだのである。

同じことが現代でも起こる。

上司の指示で文書を改竄した財務省職員が罪の重さに耐えかねて自殺した。上司にも黒幕にも何のお咎めもない。

朝、夫を見送った妻と三歳の女の子はその昼、横断歩道ではねられて命を失った。車を暴走させた旧通産省幹部は逮捕もされない。

どちらの事件も善悪の天秤はいまも大きく傾いたまま。刑罰の公正な行使が国家の重要な役割であるなら、それは国家の根幹を国家が揺るがす国家の大罪である。その後、この旧通産省幹部は裁判で禁錮五年の実刑が確定し、勲章は剝奪された。

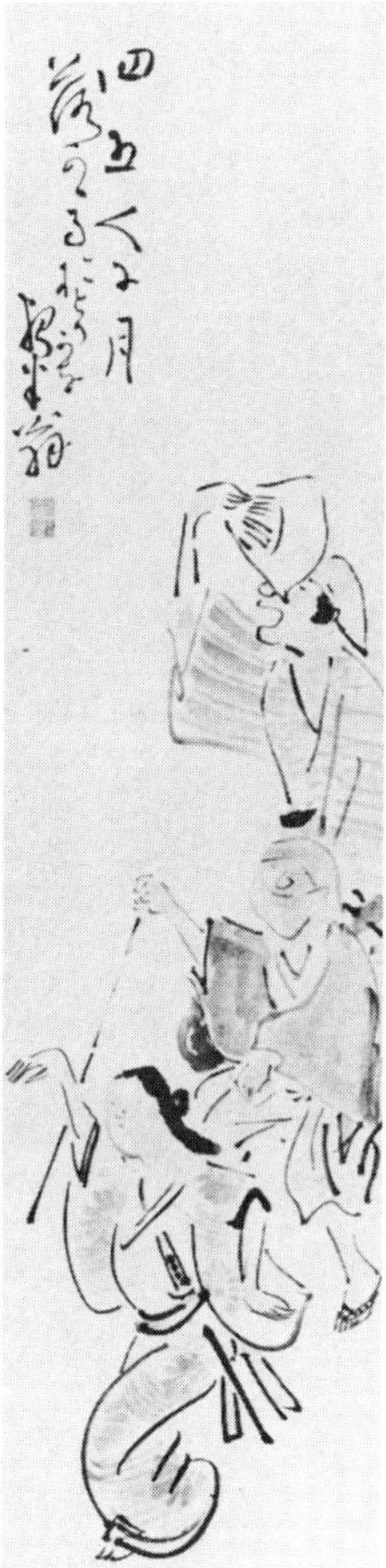

第五章　魂の消滅について

四五人に月落かゝるおと〔ど〕りかな

蕪村句、画

1

今年（二〇二〇年）の中秋の名月はいつもより遅れて十月一日木曜日。この夜、私たちの俳句会ではズーム（ZOOM）を使って月見句会を開く。ズームはインターネットの会議システムの一つである。

これまで毎年、各地の月の名所に集まって句会を開いてきた。琵琶湖周辺、中でも比叡山延暦寺が多かったが、去年は山形県の月山だった。

雲の峰幾つ崩て月の山

芭蕉が『おくのほそ道』の旅の途上、この句を詠んだ山である。

ところが今年に入って新型コロナウイルスの感染症が広まり、集まることも電車に乗ることもはばかられる。これでは月見句会はもちろん毎月の定例句会も開けない。そこで四月から順次ネットのズーム句会に切り替え、今は仙台、鎌倉、金沢、広島と四つのズーム句会を毎月、開いている。ネット句会など何十年も先の話と思っていたのに、コロナウイルスが一挙に時間を進めてしまった。

一昨年の月見句会は高野山だった。右の太腿に皮膚癌が見つかった年である。

さまざまの月みてきしがけふの月　　櫂

春になれば桜の花を眺め、秋になれば中秋の名月を仰ぐ。花につけ月につけ昔を忍ぶ。日本人にとって花も月も定時観測点の役目を果たしてきたのだが、このときも高野山の青い夜空に浮かぶ大きな月を仰ぎながら、これほど美しい月を見たことはないと思った。

月は月。しかし、このときはじめて訪ねた高野山は強烈だった。比叡山延暦寺の仏教カレッジともいうべき学問の場、修行の場の厳粛な雰囲気と違って現世の欲望にまみれているという印象だった。

宿は根本大塔《こんぽんだいとう》と道一つ隔てた宿坊。塔のまわりを歩いたが、どこに立っても朱塗りのずんぐりした二重の塔がのしかかってくる。ただならぬ威圧感。誰が設計したか、あの妖しい塔は人間の根源から湧き上がる欲望そのものではないか。

欲望の塔あかあかや月の中　　櫂

幸い月見句会もズームでできることだし、高野山へ行ってまた罰当たりな句を作ることもないだろう。比叡山を懐かしみながら高野山を後にしたのである。

2

高野山はなぜ千二百年もの間、日本の聖地とされてきたのか。

この山を開いた空海(七七四―八三五)の思想に「草木国土悉皆成仏《そうもくこくどしっかいじょうぶつ》」がある。「草木国土、悉《ことごと》く皆成仏す」と読み下すこともあるが、ふつうお経のようにそのまま音読する。しかしこの言葉は仏典には見当たらないというから、もともと仏教にはない空海自身の思想である。

草や木や国土のような心のないものもことごとく仏になる。なぜなら森羅万象すべてに仏性(仏の種)が宿っていると考えるからである。森羅万象はみな何もしなくてもいずれ仏になるのだ。いいかえれば修行も善行も必要ない。

鎌倉時代、浄土真宗の開祖親鸞(一一七三―一二六二)は「善人なほもつて往生をとぐ、いはんや悪人をや」(『歎異抄』)と語った。悪人正機説である。自分の中の悪(罪業)に気づかず自分は善人と思いこんでいる人でさえ極楽往生できる。それならば自分の中の悪を自覚して苦しんでいる悪人が往生するのは当然というのだが、空海の「悉皆成仏」は悪人どころか草木、国土まで成仏するというのだからもっと徹底している。

この空海の思想が、仏教以前から日本人が抱いていた生命力の全面肯定ともいうべき考え方に思想的な骨格を与えたのではないか。『古事記』は冒頭、日本の国土が生まれようとしていたとき、次々に誕生する神々の名を記す。

次に国稚《わか》く浮きし脂の如くして、海月《くらげ》なす漂へる時、葦牙《あしかび》の如く萌え騰《あが》る物より成れる神の名は、宇摩志阿斯訶備古遅神《うましあしかびこぢのかみ》。次に天之常立神《あめのとこたちのかみ》。この二柱の神もまた、独神《ひとりがみ》と成りまして、身を隠したまひき。

葦の芽(葦牙)のように泥の中から神が誕生する。その名も「ウマシアシカビコヂノカミ」、葦の芽を神格化しただけの神である。まさに空海の「草木国土悉皆成仏」の世界。春になれば枯れ果てた水辺に葦を芽吹かせる生命の力。この萌え騰がる命の賛美が日本人の心の底には古代から現代に至るまで一貫して流れているのではないか。

命の賛美とは勢いのさかんなものこそ尊い、命こそ何物にも替えがたいとする考え方である。人間が欲望の動物であることは何度か触れてきたが、それに沿っていうなら『古事記』の創生神話は人間の命の根源である欲望を手放しで賛美していることになるだろう。

ただし『古事記』の段階で日本人は生命と欲望への自分たちの執着を自覚していたわけではない。空海の「草木国土悉皆成仏」はそれに仏教の力を借りて論理の枠組みを与えた。逆からみれば空海は大陸渡来の新思想、仏教を、いわば日本古来のアニミズムに逆戻りさせた。

空海のこの思想がその後の日本文化の展開にどれほど影響を与えたか、日本人の思考や行動を節目節目で幾度決定してきたか、計り知れないものがある。

戦争に懲りた戦後の日本人は「生きているだけで幸せ」と考えた。それは戦後日本の空気、時代精神といえるだろう。ところが戦前の日本人はそう考えなかった。明治の国家主義の時代には「生きて国の役に立つことが幸せ」と考え、昭和の国粋主義の時代には「死んで国の役に立つことが幸せ」と考えた。そこに立ってみれば、戦後の日本人は「国」に代わって人間の欲望を制御する新たな理想をついに見つけられなかったということである。

この「生きているだけで幸せ」が空海の「悉皆成仏」の柔らかな戦後的表現であることは明らかだろう。

3

くまもなき月の光にさそはれて幾雲井までゆく心ぞも　西行

花の歌人、西行は月の歌人でもあった。二十三歳で出家し高野山の庵を拠点にする。七十三歳で入寂したのも高野山の麓の弘川寺《ひろかわでら》だった。

歴史家の視点で西行を研究し、『西行の思想史的研究』を書いた目崎徳衛《めざきとくえ》(一九二〇—二〇〇〇)は俳人でもあった。俳号は志城柏《しじょうはく》。「詩情薄《しじょうう》シ」に同音の漢字を当てた。俳句雑誌「花守」を四十年以上、主宰。小千谷の人である。

呼吸《いき》すれば呼吸もゆたけし春の雪　柏

白蛾眠る午前あかるく午後暗く

本の豆知識

束"たば"ではありません!

『広辞苑』は約8cm

本の厚みを「束」(つか,背幅とも)と言います.同じページ数でも,本文用紙や製本方法によって束は変わります.束を知るために作成するのが「束見本」.同じ材料・ページ数で表紙・見返し・本文・口絵・扉などを製本したものですが,表紙や中身は印刷されていません.因みに,『広辞苑』の束は初版から変わらず約8cm.ページが増えても束を保つため,改訂の度に新たな紙が開発されています.

けたいだけである。

ずたずたと刻まるる身を秋の風　　櫂

4

鬼貫《おにつら》(一六六一―一七三八)は今の兵庫県伊丹の人。芭蕉の同時代人だが十七若く、芭蕉没後も四十四年生きた。享年七十八。長命の人である。

骸《がい》骨《こつ》の上を粧ひて花見かな　　鬼貫

花見の女たちはあでやかに化粧し美しい花衣をまとっているが、死んでしまえばみな骸骨。髑髏《どくろ》が紅をさし眉を引き白粉《おしろい》を塗りたくっているようなもの。花に浮かれる気分に水をさすグロテスクな一句である。鬼貫はきっと九相図《くそうず》を思い浮かべていたにちがいない。

九相図とは死によって人間の肉体が腐乱し、ついには野辺の土となり果てるまでを九つの絵にしたもの。仏教の修行のために描かれた。しばしば美しい女性の死体が選ばれるのは修行僧の多くが男性であり、女性への懊悩《おうのう》が修行を妨げると考えたからである。釈迦が菩提樹の下で悟りを開いたとき、邪魔をしたのも女の魔神たちだった。

仏教は欲望(煩悩)に雁字《がんじ》搦《がら》めの人間が悟りを開いて、つまり欲望から解き放たれて仏となること(成仏)を手助けしようとする。一言でいえば人間を欲望から解放しようとする宗教である。だからこそ欲望まみれの坊さんは道を外れていることになる。

それはそれとして人間の欲望のうち最たるものが金銭欲と性欲。このうち性欲から解放されるための「九相観」(不浄観)という修行法が紀元前四、三世紀の原始仏教の時代からあったらしい。九相観とは人間の肉体が死後、刻々と変容するさまを心に思い浮かべ、肉体への執着を離れようとするイメージトレーニング法。それを絵にしたのが九相図である。古くはシルクロードの石窟の壁にも描かれているという。

日本においても鎌倉、室町の中世にさかんに描かれた。室町時代の傑作「九相詩絵巻」(一五〇一年、九州国立博物館蔵)は全長十メートル近い大作。ある高貴な女性の死後の変貌が描かれ、漢詩と和歌が添えてある(山本聡美『九相図をよむ』)。その一首、

はかなしやあさ夕なてしくろ髪も蓬かもとのちりと成たり

九相図は人間が死んでから肉体が消滅するまでを克明に描く。現代の目にはそれはそのまま精神の消滅でもある。肉体とともに精神も滅ぶ。肉体と精神の消滅こそが死だからである。

しかし当時の人々は肉体は滅ぶが、魂は不滅であると信じていただろう。たしかに精神といえば死によって肉体とともに消滅しそうだが、魂といえば死後も生き延びそうである。死後も生きながらえる精神が魂なのだ。

たとえどんな美女であれ死ねばたちまち腐敗し消滅してしまう。はかない肉体の誘惑に惑わされず、永遠の魂の救済、欲望からの解放に精進せよというのが九相図の趣旨なのである。

5

では不滅の魂は死後どうなるのか。

それを描くのが地獄極楽図である。九相図は人生の終着点である現実の死を描き、地獄極楽図は死を出発点とする幻想の死後の世界を描く。この二つは死を蝶番にして現実と幻想をつなぐ二枚の屏風絵のようなもの。二枚合わさって人生には必ず死があり、死の向こうには死後の世界が待ち構えていると説く。

死を忘れるな（メメント・モリ）。生の隣には必ず死がある。九相図も地獄極楽図も生はつねに死とともにあるという自覚を促している。

今年（二〇二〇年）春、新型コロナウイルスが猛威を振るいはじめたとき、政治家や医学者は「ウイルスとの闘い」を国民に訴えた。ところが、このウイルスがしたたかで撲滅は難しいことがわかると、今度は一転して「ウイルスとの共存」といいはじめた。人間を殺すいわば死神と共存せよ、上手に付き合えといわれて戸惑った人も多いのではないか。

「ウイルスとの共存」とは何か。政治家のいう共存はウイルスと経済の共存であることがやがてわかるのだが、ここでは歴史を振り返っておこう。人類には誕生以来、ウイルスにかぎらず死をもたらすもの、いや死そのものとずっと共存してきた経験がある。人類の文化とは要するに避けがたい死とどう共存するか、死とどう付き合えばいいか、長い歳月をかけて培ってきたその様式の積み重ねにほかならない。

文学にしても死を度外視しては成り立たない。すぐ隣で息をひそめる死によって詩歌も小説もいよいよ照り輝くという残酷な仕掛けを備えている。

よく生きてよき塵となれ西行忌　洋

山田洋《ひろし》という俳人がいた。一九三四年(昭和九年)、岐阜県大垣の生まれ。大学卒業後、住友商事に入社。商社マンとして四十年を過ごした。アメリカ、カナダ、シリア、アラブ首長国連邦など海外でも十五年間、勤務した。引退後、七十四歳で俳句雑誌「古志」に入って俳句をはじめた。二〇一八年(平成三十年)春、八十四歳で死去。俳句を作ったのは人生最後の十年間である。

山田は二〇一四年夏、十二指腸乳頭癌の摘出手術を受けた。西行忌の句はその翌年春の句。西行のように存分に生きてこそ、よき塵になれる。塵とは九相図も描くとおり骨のことだが、人間も動植物も命あるものが死ねば肉体は塵となって宇宙に散らばる、その塵でもある。

億万の春塵となり大仏　櫂

二〇〇一年春、アフガニスタンのバーミヤン大仏をイスラム過激派タリバンが爆破したときの句である。爆破によって二体の大仏は無数の小さな仏(塵)となり全宇宙に散らばって偏在する。これこそ仏の本願という句である。

西行忌の句を作ったとき、山田はこの句を思っていたかもしれない。俳句は花吹雪のように俳句同士呼び合いながらつづいてゆくのだ。

皮肉なことに山田の俳句が活気づいたのは二〇一四年夏のこの最初の手術からだった。

6

癌の芽を摘みて涼しき体かな　洋

睨みゐる目玉が一つ原爆忌

鶏頭や闇より黒く闇の中

山田の病気はそれだけでは終わらなかった。十二指腸手術の二年後、今度は膵臓癌が見つかり手術。翌年暮れには医師から余命六か月と宣告される。そのわずか三か月後の三月、死去というあわただしい経過をたどった。十二指腸の手術から数えると四年足らずである。

夏痩や地獄草紙の鬼に似て
この旅に生きては行けぬ花野あり
爽やかや主治医一言切りませう

二句目の「花野」とは高原など秋草の花の咲き乱れる野原をいう。「生きては行けぬ花野」が何かは明らかだろう。

膵臓癌の手術のあと、しばらく顔を見ないと思っていたら突然、句会に現われたことがあった。そのときの山田の姿は今も心に焼きついている。やせ細った黒檀のような肌の小柄な体にリュックサックを背負っていた。目にした瞬間、東北に残る即身仏が重なった。

仏像はふつう木や石や金属で造るが、即身仏とは独り山の穴にこもり、水以外の飲食を絶って生身の体が枯れ果てて仏体となったものである。

そんな体で吉野山の花見句会にも炎天下の祇園会句会にもはるばる出かけてきた。これと決めたら恐るべき情熱で集中する。そういう人だから囲碁はアマチュア最高の七段と聞いても驚かないが、俳句への精進も鬼気迫るものがあった。山田は俳句の即身仏になったのだと思う。

わが余生丸ごと俳句花の春
月光を浴びて氷の滝眠る
帰るなら眠れる山へ帰りたく

山田は生前、句集を出さなかった。『一草《いっそう》』は死後、友人たちがまとめた遺句集である。表紙は俵屋宗達の「月に秋草下絵」。桔梗に薄、倒れ伏す黒い秋草の中に真っ黒な半月が横たわる。銀泥が黒化したのである。そこに本阿弥光悦が『新古今和歌集』の歌をしたためている。

今年(二〇二〇年)八月下旬のある日、左太腿にできた黒い突起を診てもらうために慶應病院に出かけた。五か月ぶりの東京は初秋の光の底に沈んでいた。さすがにコロナウイルスを恐れて人通りも以前よりは減っている。二〇二一年に延期されたオリンピックの主会場、新国立競技場の新しい木の天蓋が街路樹の向こうに浮かんでいる。

左太腿の突起は梅雨のころに見つけたときより二回りは大きくなっている。その日の午後、主治医の大内医師みずから切除して検査に回すことになった。結果は二週間後である。

「切除したものを見ますか」

昼食前だったので一度は辞退したが、見るべきものは見ておくほうがいい。渡された円筒形の透明なケースの中の液体に二センチほどの白っぽい肉片が揺れている。中心には黒い球がある。それはまさに死者の白濁した目だった。

7

平知盛《たいらのとももり》（一一五二―八五）は清盛の四男、父最愛の息子だった。『平家物語』の登場人物の中でも興味深い人である。

壇ノ浦の合戦で、もはや最期と覚悟した知盛は海に沈む。三大歌舞伎の一つ『義経千本桜』では「碇知盛《いかりとももり》」とはやされて大いに盛り上がる場面だが、碇の綱《つな》をぐるりと体に巻きつけて断末魔の大見得を切る、あれは歌舞伎流のグロテスクな悪趣味でいただけない。

新中納言、「見るべき程の事は見つ。いまは自害せん」とて、めのと子の伊賀平内左衛門家長《いがのへいないざえもんいえなが》を召して、「いかに、約束はたがうまじきか」との給へば、「子細にや及候」と、中納言に鎧二領着せたてまつり、我身も鎧二領着て、手をとりくンで海へぞ入《いり》にける。是を見て、侍共廿《にじゅう》余人おくれたてまつらじと、手に手をとりくんで、一所に沈みけり。

新中納言は知盛。「めのと子の……家長」は乳兄弟として育てられた乳母の子の平家長。ともに錘《おもり》の代わりに鎧を二領着て入水した。歌舞伎の碇を背負って入水したのは叔父の平経盛、教盛兄弟である。

このとき知盛のいう「見るべき程の事は見つ」は後世まで轟《とどろ》く一世一代の名台詞。平家の栄華も敗軍の無残も、この世で経験できることはほぼし尽くしたと一応、型どおりに解しておいていい。ただそう簡単な話でないことは、すぐにわかるだろう。一言付け加えておけば「見るべき程の」の「程」の一字で台詞も知盛自身もずいぶん恰幅がよくなった。

入水の前、知盛は安徳天皇の御所舟に乗り込むと何と掃除をはじめるのである。

新中納言知盛卿、小舟に乗ッて、御所の御舟に参り、「世のなかは、今はかうと見えて候。見ぐるしからん物共、みな海へ入れさせ給へ」とて、ともへにはしりまはり、はいたり、のごうたり、塵ひろい、手づから掃除せられけり。

生き生きと描かれているので、つい引用が長くなる。

女房達、「中納言殿、いくさはいかにや、いかに」と口〻にとひ給へば、「めづらしきあづま男をこそ御らんぜられ候はんずらめ」とて、から〳〵とわらひ給へば、「なんでうのたゞいまのたはぶれぞや」とて、声〻におめきさけび給ひけり。

あなた方が一度も見たことのない東男を、じきご覧になるでしょうよ。戦とはそういうもの。昭和の敗戦時に引き移せば、珍らしきアメリカの男をご覧になれるでしょうよ。如実である。女房たちの嬌声も知盛の笑い声も行間に谺《こだま》する。かんらからから。

中学高校の教科書はしばしば、これにつづく二《に》位尼《いのあま》が孫の安徳天皇を道連れにした入水の陰々滅々たる場面を載せるが、死に瀕した人間の姿をみせたいのなら、知盛の掃除のほうがはるかに気がきいている。子どもたちもおもしろがり、やがて嘆きの深さに気づくだろう。このとき安徳天皇はわずか八歳。教科書制作者が何といおうが、あれはバアさんと孫の無理心中である。

「見るべき程の事は見つ」。しかし死に直面して誰もがそういえるわけではない。むしろ逆。懐かしいこの世界への愛情に心は激しく動揺するだろう。

手をのべてあなたとあなたに触れたきに息が足りないこの世の息が

8

河野裕子《かわのゆうこ》(一九四六―二〇一〇)がこの世を去るときの歌。家族が編んだ遺歌集『蟬声』の最後に置かれている。

河野は果たして来世を信じていたか。現代の人であるから、死とは肉体と精神の消滅と考えていたかもしれない。だからこそこの世でできることはすべてこの世でやっておきたい。息のあるうちに夫や子や孫たちに今一度触れたいのに、しかし私にはその息がもうない。

届いたばかりの長井亜紀句集『夏へ』を紹介したい。一九六八年生まれ、まだ五十代初めの人である。

蛍来よ吾のこころのまんなかに
春の水いのちにいのち宿りけり
蚕豆《そらまめ》やどの子も莢《さや》にねむらせん

生涯の伴侶となる人と出会い、子どもを授かる。その平穏な日々の中で自分が病気であることを知る。

美しき一《ひと》生《よ》恐ろし大《おお》夕《ゆ》焼《やけ》
山眠るごとくに眠る手術かな
太く長くあるかぎり吐く息白し

何度か手術を受け、そのたびに恢復したことがわかる。

ももの花ほほ笑みて子はまた眠る

やはらかきところで抱く裸の子
退院の輝く世界へサングラス

三句目、句集最後の句である。「退院の輝く世界」として五七五の定型に収めようとすればできたのに「退院の輝く世界へ」とあえて字余りにした。この「へ」の一字が大事なのだ。誰でもこの世界に生きていなければできないことが山ほどある。それを果たすために母として妻として人間として生きてゆこうという意志の「へ」だろう。

9

知盛が死を覚悟したのは壇ノ浦の合戦ではない。その二年前(一一八三年)、平家一門が安徳天皇とともに都落ちしたときだった。早くもその日「都のうちでいかにもならんと申しつる物を」、都で討ち死にすべきと申し上げたのにと総大将の兄宗盛を睨《にら》みつけた。

その後の知盛は瀬戸内海を落ちてゆく赤い太陽のように西走する平家軍に否応なく従った。

住馴れし都の方はよそながら袖に波こす磯の松風

知盛が屋島で都を慕って詠んだという歌（『源平盛衰記』）。和歌の伝統に則るから生の感情はきれいに抜け落ちているが、都で討ち死にすればよかったという、今となっては取り返しのつかない悔いが胸のうちで疼いている。

こうなったからには行き着くところまで行くしかない。そしてたどり着いたのが壇ノ浦だった。都落ちから二年、もっと早くやるべきだったことがやっと果たせる。「見るべき程の事は見つ」は知盛の断念と悔恨の果てに口を衝いて出た言葉だっただろう。

たとえていうならば、愛する人を早くに失った男が、ばかばかしいこの世にいつまで付き合わなければならないのかという思いに耐えながら長い年月、死の機会が訪れるのを待っていた、そんな男の言葉ではなかったか。

知盛は来世つまり死後の世界を信じていたかどうか。『平家物語』にも『源平盛衰記』にもそれを明らかに示す言葉は見当たらないのだが、言動をみるかぎり来世など信じていなかったのではないか。死んでもし閻魔に会えば、それはそのとき。誰もが極楽往生を願ってやまなかった時代なのに、さっぱりと現世的である。そこがおもしろい。

あるいは武士であるからには仏の救いなど望むべくもないと初めから諦めていたか。藤原摂関家はじめ貴族たちが手を汚したくない血なまぐさい仕事つまり殺人を、代わって引き受けていたのが源平の武士だった。当時の仏教では地獄に堕ちるとされていた人々である。

一の谷の合戦では自分を助けた息子知章《ともあきら》を見捨てたまま馬を泳がせ、沖の舟に逃れる。知盛は三十四歳、知章はせいぜい十六歳。次は父の釈明である。

人のうへで候はば、いかばかりもどかしう存《ぞんじ》候べきに、我身の上に成ぬれば、よう命はおしひ物で候けりと、いまこそ思ひ知られて候へ。人〻の思はれん心のうちどもこそ、はづかしう候へ

「よう命はおしひ物で候けり」。もしもほかの人が子を見捨てたのなら、なぜ助けないのかとどれほど責めたか知らないが、それが自分の身に起きて、つくづく命は惜しいと思い知ったというのだ。

知盛が舟にたどり着くと、その愛馬を源氏方に奪われまいと味方の武将が射殺そうとするのをやめさせる。

何の物にもならばなれ、我命をたすけたらんものを。あるべうもなし

息子は見捨て、愛馬は救う。矛盾するとみえて、じつは一つ。できるならどちらも助けたいが根は現実主義の武士。愛馬の命は救っても、いざとなれば息子を見捨てる自分の浅ましさ、それが武士いや人間というものだろう。壇ノ浦の合戦でつぶやいた「見るべき程のものは見つ」の「程」のかげに見え隠れするのは人間の浅ましさに対する知盛の冷ややかな落胆である。

私事。左太腿の新しい突起は組織検査の結果、やはり皮膚癌だった。九月下旬に手術することになった。

第六章　自滅する民主主義

蕪村《雪中鴉図》

1

新《あら》しき年の初めの初春の今日降る雪のいやしけ吉《よ》事《ごと》　大伴家持

元日のきょう降りしきる雪さながらに今年一年よいことがたくさんありますように。日本最初の詩歌選集『万葉集』は大伴家持(七一八?―七八五)の新年の祈りの歌で全二十巻の幕を閉じる。たまたまそうなったのではなく家持には『万葉集』編者としての明確な意図があった。

天平宝字《てんぴょうほうじ》三年(七五九年)元日、因幡《いなば》の国(鳥取県)の国府では役人たちを集めて新年の宴が開かれていた。おりしもの大雪。前年、国守《くにのかみ》として赴任したばかりの家持はこの歌を詠み、宴に集う人々を前にして朗々と吟じたのだろう。

しかし祈りという言葉の清らかな響きほど、また新雪の真っ白な輝きほど明るい歌ではない。むしろ一首の背後に怪しい雲行きといえばいいか、漠然たる不安を感じさせる。雪雲に閉ざされた暗澹たる空から雪は舞い降りてくる。

考えてみれば人間は何かの不安があるから、嫌な予感がするから祈る。祈りは必ず不安をまとっている。ではこのとき家持が感じていた不安とは何だったか。それは家持一人のものではなく時代を覆う空気だったかもしれない。

家持がこの歌を詠んだ天平宝字三年といえば、奈良の都を中心にして天平文化の花を咲かせた聖武上皇が没して三年、翌年にはよきパートナーだった光明皇太后が没している。その後は有力貴族や地方豪族の反乱が相次ぎ、時代は三十五年後の平安京遷都(七九四年)へと徐々に下り坂に向かう。

こうした時代の波風にあおられて大伴家も没落の道をたどりはじめる。家長の家持は時代と一族の衰退をどんな思いで眺めていたか。家持が左遷された因幡の国で新年の祈りの歌を詠み、『万葉集』の最後にその歌をすえたのは、このような時代の空気の中でのことだった。

時代の動きを知った上で、あらためて家持の歌を読むと、『万葉集』四五〇〇首あまりの長歌や短歌、額田王《ぬかたのおおきみ》や柿本人麻呂や家持その人の歌の数々が、さながら空に舞う数かぎりない雪片のようにこの一首の祈りの歌の背後でうごめく気配が感じられるはずだ。

『万葉集』では長歌のあとにしばしば短歌が反歌としておかれる。大波のあとのさざ波のように幾度も揺り返しながら昂ぶった詩心をゆるやかに終息に向かわせるのである。

それに倣っていえば家持の新年の歌は『万葉集』全巻の反歌なのではないか。そしてそれは四五〇〇首あまりの長歌短歌すべてを祈りの歌に変える言葉の錬金術の働きをしている。一首の歌の力で『万葉集』全巻を祈りの一大歌集に変える。これこそ『万葉集』の編纂を終えた家持が考えたことではなかったか。

家持はその後二十六年間、七十歳近くまで生きたのに、この歌を最後になぜか歌を詠まなくなった。少なくとも一首も伝わっていない。

2

天地微動一輪の梅ひらくとき　　櫂

家持の心は知らず、今年(二〇二一年)の初春の挨拶に代えて、はるかな時間の話をしておきたい。

「劫《ごう》」は古代インドで考え出されたもっとも長い時間の単位である。一辺が七キロの立方体の巨大な岩を想像してほしい。そこへ百年に一度、空の高みから天女が舞い降りて羽衣の袖でふわりと岩の塵を払う。それを何千万回も繰り返してついに巨岩が磨り減って跡形もなく消滅してしまっても一劫は尽きない。子どものころ年寄りからこの話を聞いて、くらくらと気が遠くなる気がした。

一劫を四十三億二千万年とする計算もあるらしい。ビッグバンで宇宙が誕生したのは百三十八億年前というから、その三分の一だが、人間の想像を絶する天文学的な時間の長短を競ってみても一向に実感が湧かない。

むしろ劫初(世界のはじめ)、劫火(世界を焼き滅ぼす猛火)などという言葉があるところからすると、劫とはこの世がはじまってから滅びるまでの果てしなく長い時間というのがまっとうな解だろう。まさに永劫。初めも終わりも見えない永遠に等しい時間ではないのか。

さて地球という小さな星に霊長類が登場したのは六五〇〇万年前、恐竜がまだ地上をのし歩いていた時代である。その霊長類から人類の先祖(アウストラロピテクスなどの猿人)が分かれたのが五〇〇—四〇〇万年前、さらにそれが今の地球人ホモ・サピエンス(新人)に進化したのはわずか三〇—二〇万年前である。劫という途方もなく長い時間の中では、ほんの一瞬前のことにすぎない。

ただ人類の誕生は宇宙史の中で画期的な意味をもっていた。人類は意識をもつ最初の存在として宇宙の姿を眺めた。じつはこのとき人類の意識というレンズを通して、宇宙自身が宇宙の姿をはじめて認識したのである。

闇黒《あんこく》の宇宙にたった一つ灯る人類の意識という光。たしかに宇宙のどこかに人類がまだ知らない別の「意識ある者」が人類以前あるいは以後にいるかもしれない。しかしその兄弟の存在を確認できないかぎり人類はこの広大な宇宙の孤独な赤ん坊としてありつづけるしかない。

死もまた宇宙の中での人間の孤独と深いつながりがある。死が肉体と意識の消滅であることはすでに触れたが、死によって意識の光が消えれば一切の記憶、家族や友人との懐かしい思い出さえも失われ、人間はふたたび流星のように宇宙の闇に呑み込まれてしまう。

人間はこれが恐ろしくてたまらない。仏教ではそれを「無」と呼んできた。人間が死におののくのは地獄に堕ちるからではない。地獄も極楽も妄想である。病気の苦しみや傷の痛みのゆえでもない。肉体の苦痛は死への入り口にすぎない。死の恐怖とはまたもとのように無の中へ消えてゆくことへの恐怖なのだ。

映画『二〇〇一年宇宙の旅』(スタンリー・キューブリック監督)に登場する木星探査船に搭載された赤い目の人工知能「ＨＡＬ９０００」が感じた機能停止の恐怖もこれとよく似ている。死を恐れる「ＨＡＬ」はあまりにも人間らしく設計されていた。

その「ＨＡＬ」も停止してしまった今、人間は宇宙の唯一の意識である。その意識が死によって消滅することに気づけば人間は生きているうちにこの宇宙(世界)で自分が見聞きしたこと、感じたこと、考えたことを次の世代へ残そうとする。人間の力を借りて宇宙がそうするのだ。ものを書くこと、詩や小説などの文学の淵源もきっとそこにある。言葉、文字、書物、図書館、コンピュータ、これらはすべて人間の見聞や思索を一人の命の限界を超えて未来へ伝えるための宇宙のシステムとして存在している。

3

では現代はどんな時代なのか。

二〇一六年(平成二十八年)八月八日、現在の上皇、当時の天皇はテレビで「お言葉」を読み上げた。原稿用紙四枚あまり、趣旨は明快である。すでに八十歳を越え、このまま体力が衰えれば象徴天皇の務めを果たせなくなるのではないか。さらに健康を損ない深刻な状態に陥れば社会が停滞し国民生活に影響が及ぶ。そのような事態は避けたい。「お言葉」には退位という言葉こそないが、そこにあるのは明らかに退位の意志である。

天皇が将来、果たせなくなるかもしれないと危ぶむ「象徴天皇としての務め」とは何か。日本国憲法は「天皇は、日本国の象徴であり日本国民統合の象徴であつて、この地位は、主権の存する日本国民の総意に基く」(第一章天皇、第一条)と定めている。「お言葉」にある「象徴の務め」はこの条文に基づいているのだが、その具体的な内容について憲法は何も語っていない。そこで天皇はみずから「日本国の象徴であり日本国民統合の象徴」として自分は何をすべきなのか考えた。「お言葉」にはこうある。

私が天皇の位についてから、ほぼ二十八年、この間私は、我が国における多くの喜びの時、また悲しみの時を、人々と共に過ごして来ました。私はこれまで天皇の務めとして、何よりもまず国民の安寧と幸せを祈ることを大切に考えて来ましたが、同時に事にあたっては、時として人々の傍らに立ち、その声に耳を傾け、思いに寄り添うことも大切なことと考えて来ました。

天皇がたどり着いた「象徴の務め」は二つ。一つは国民のために祈ること。もう一つは国民の思いに寄り添うこと。その具体的な行動の一つとして「日本の各地、とりわけ遠隔の地や島々への旅」をあげる。災害に襲われた避難所を訪ね、膝をついて被災者を慰める天皇皇后の姿を思い浮かべれば十分だろう。

祈り、寄り添う。『万葉集』を祈りの歌集にしようとした家持と通い合うものがある。いや家持とかぎらず詩歌とは本来人々のために祈り、その喜びや悲しみに寄り添うものなのだ。「お言葉」を聞いた国民の大半は天皇の意志に共感し、三年後に退位が実現した。しかしこの「お言葉」はもう一つの重大なメッセージを含んでいた。

4

上皇が天皇時代、二〇一六年に発表した「お言葉」の中で天皇は象徴天皇の務めとして国民の「思いに寄り添うこと」を揚げていた。

それが詩歌の姿勢でもあることに気づいたきっかけは二〇一一年三月十一日の東日本大震災だった。

乳飲み子を抱きしめしまま溺れたる若き母をみつ昼のうつつに　　櫂

人々の嘆きみちみつるみちのくを心してゆけ桜前線

次々に湧き上がる短歌をまとめて一と月後にできあがったのが『震災歌集』（現在『震災歌集震災句集』）である。

わが家の泣き虫妻よ泣くなかれ被災地の学校の卒業式に
被災せし老婆の口をもれいづる「ご迷惑おかけして申しわけありません」

こんな歌を書き留めながら、いつも人々の傍らに寄り添って喜びのときは喜びの歌を、悲しみのときは悲しみの歌を彼らに代わって作る、これが詩人の役割であると思った。寄り添う相手は人間とはかぎらない。動植物、無機物、天体……。万物の声なき声に耳を澄まして言葉にする。それが詩歌を作るということではないか。ここに立って『万葉集』以下の日本の詩歌をあらためて振り返ると、まさにそのとおりに進んできたことがわかる。
最近の俳句も記しておきたい。どちらも東京電力福島原発事故の句である。

何もかも奪はれてゐる桜かな　櫂

福島をかの日見捨てき雪へ雪

永瀬十悟《とおご》は福島原発から六十キロ離れた福島県須賀川市の人である。

鴨引くや十万年は三日月湖

三日月湖は川が蛇行した跡にできる三日月の形をした湖。メルトダウン（炉心溶融）と水蒸気爆発によって放射能で強度に汚染された地域が原発を囲んで三日月湖のように残された。原発事故から七年後の二〇一八年に出版した句集『三日月湖』は不思議な静けさをたたえている。

村はいま虹の輪の中誰も居ず
村ひとつひともろぎとなり黙《もだ》の春
夏草やスコアボードはあの日のまま

不思議な静けさと書いたが、ここにあるのは放射能汚染で人間も家畜も住めなくなり、人智が及ぶ以前の自然へ戻ろうとしている大地の静けさである。二句目の「ひもろぎ」は神の結界あるいは神への供物《くもつ》。三日月湖形の広大な土地が原発の結界となり供物になってしまったというのだ。

この静けさを言葉の次元でみれば、かつて原発を正当化する脆弱な言葉で覆われていた土地、それが今はすべての言葉を剝がされて裸で横たわっている。いわば言葉を失った土地の静けさである。言葉が記憶の器なら、それは記憶を失った土地の静けさでもあるだろう。

月光やあをあをとある三日月湖
牛の骨雪より白し雪の中
夏草や更地の過去を忘却す

原発事故によって記憶を喪失してしまった土地の無残な光景である。

5

二〇一六年の「お言葉」の話に戻ろう。そこには天皇の退位の希望とともに、もう一つのメッセージが隠れていた。それは天皇自身が日本国憲法の熱心な読者であり、忠実な遵守者《じゅんしゅ》であるということである。そのくだりを引用する。

即位以来、私は国事行為を行うと共に、日本国憲法下で象徴と位置づけられた天皇の望ましい在り方を、日々模索しつつ過ごして来ました。伝統の継承者として、これを守り続ける責任に深く思いを致し、更に日々新たになる日本と世界の中にあって、日本の皇室が、いかに伝統を現代に生かし、いきいきとして社会に内在し、人々の期待に応えていくかを考えつつ、今日に至っています。

ここに「日本国憲法下で象徴と位置づけられた天皇の望ましい在り方を、日々模索し」「これを守り続ける責任に深く思いを致し」とある。「お言葉」で語られた第一のメッセージ、退位の希望は二〇一八年に実現した。ところがこの第二のメッセージは気づく人さえほとんどいなかった。少なくとも私はこの問題についての発言を聞いたことがない。

日本国憲法をめぐっては改正を目指す改憲派と支持する護憲派とが対立している。最大の焦点はいうまでもなく戦争放棄を定めた第九条である。

もちろん天皇が憲法の遵守者であることに何の問題もない。天皇と首相以下すべての公務員の憲法尊重擁護の義務を定める憲法第九十九条からみても当たり前のことである。この当たり前のことが改憲派対護憲派という対立の中に置かれると、改憲派にとっては蓋をしておきたい不都合な事態と映るのではないか。

アメリカ合衆国の場合、新大統領は夫人が捧げ持つ聖書に左手を載せ、右手を掲げて宣誓する。これは式典の儀礼である以前に憲法第二条第一節八項の定める法的な義務である。宣誓の文言もそこに記されている。

私ジョセフ・ロビネット・バイデン・ジュニアは合衆国大統領の職務を忠実に遂行し、全力を尽くして合衆国憲法を維持、保護、擁護することを厳粛に誓います。神のご加護を。

合衆国大統領は何よりもまず憲法の守護者として存在する。日本の場合、首相が就任する際「日本国憲法を維持、保護、擁護する」と誓う儀式はない。戦後、アメリカは民主主義の手本だったが、首相が憲法の守護者であることは学ばなかった。首相就任早々、憲法改正に躍起になる人物は論外としても、ほかの改憲派の人々も天皇が憲法の遵守者であることは認めたくないだろう。

では護憲派は、天皇が憲法の遵守者であることを歓迎するかというとそうでもない。すべての護憲派が象徴天皇制を進んで支持しているわけではないからである。彼らはできれば天皇制を廃止したいと考えている。憲法の真の擁護者を自任する彼らにとって、天皇が憲法の遵守者であるのはやはり不都合なのだ。

「お言葉」の第二のメッセージはこうして左右両派、改憲派からも護憲派からも黙殺された。さらに国民の多くもその前を素通りしてしまった。天皇が憲法の読者であり遵守者であるという当然のことが当然のこととして通らない。なぜこんな社会になってしまったか。

6

日本国憲法はつくづく不幸な憲法である。一九四六年(昭和二十一年)に誕生したときから賛否の嵐にさらされた。アメリカ合衆国憲法がさまざまな人種、宗教、思想の国民を統合する聖典であるのに対して、日本国憲法は誕生したときから国民を分裂させる厄介な火種だった。

夏空の天使ピカリと炸裂す　　　　　櫂

一九四五年(昭和二十年)八月六日の朝、広島市の上空で人類史上最初の原子爆弾が爆発した。現代はどんな時代なのか。それを探っていけば、どうしてもこの日にたどり着かざるをえない。戦後日本の出発点は八月十五日、日本の無条件降伏の日(終戦記念日)と思われているが、それは広島、長崎への原爆投下を受けた政治決断の日だった。それより九日前の広島原爆の日を起点にするほうが、日本国内ばかりでなく世界全体の動きをあざやかに俯瞰できるのではないだろうか。

第二次世界大戦はアメリカによる日本への二発の原爆投下で終結した。それと同時に世界は核戦争に怯える東西冷戦の時代に突入する。世界大戦の勝者となった連合国が、アメリカを盟主とする西側とソ連(ソビエト社会主義共和国連邦)を中心とする東側に分かれて敵対した。

西側の経済体制は資本主義、政治体制は民主主義、一方の東側の経済体制はマルクス主義、政治体制は一党独裁の全体主義という構図である。

東西冷戦は一九九一年(平成三年)十二月二十五日、ソ連が突然崩壊するまで半世紀近くつづいた。二十世紀の後半、戦後の昭和は冷戦の時代だった。敗戦国の日本はサンフランシスコ平和条約(一九五一年、昭和二十六年締結)で西側に組み込まれ、国内では東西両陣営の代理抗争がつづいた。日本国憲法は二頭の猛獣の争いの火中に投じられたのである。

改憲派と護憲派の抗争の間で国民の大半は憲法についての発言を差し控えた。抗争に巻き込まれるのを恐れたからである。憲法は国民を守る基本法なのに肝心の国民が憲法に冷淡である。ここが日本国憲法のもっとも不幸なところだろう。

その中で前《さき》の天皇は憲法を読みつづけ「象徴の務め」を果たそうとした。何という孤独な歳月だったろうか。

7

岩手県に住む照井《てるい》翠《みどり》から届いた年賀状に次の句が添えてあった。

十年を空目空耳初日影　翠

東日本大震災から十年。この間、ずっと死者たちの幻を見、幻の声を聞きつづけてきた。「空目空耳」とはそういうことだろうか。

十《と》年目《とせめ》の初日浴びませ泥天使　櫂

遅ればせながら松も明けるころ、この句を書いて返事を出した。

あの日、照井が高校教師として赴任していた釜石市も大津波に襲われた。激しい揺れと黒い大波が照井の言葉の回路にスイッチを入れたのだろう。翌年に出した句集『龍宮』から。

喪へばうしなふほどに降る雪よ
御くるみのレースを剝げば泥の花
春の星こんなに人が死んだのか

茫然自失の中で言葉と言葉が思わぬ形で結びつき、新しい世界を切り開いてゆく。二句目の「泥の花」のように。あるいは次の「虹の骨」のように。

ひとりまたひとり加はる卒業歌
風花や悲しみに根の無かりけり
虹の骨泥の中より拾ひけり

一句目、卒業歌に加わるのは津波にさらわれた生徒たちである。自分の心を空っぽの器にして、聞こえるはずのない死者の声を聞き取る。照井の俳句の姿勢がこの句集で定まったようだ。
昨年暮れも押し詰まったころ、新しい句集『泥天使』が届いた。

三・一一死者に添ひ伏す泥天使
春の泥抱《だき》起《おこ》すたび違ふ顔
屍より管伸びきたる浮葉かな

溺死者を埋める泥が「泥天使」である。寄り添って死者を抱きかかえる泥の天使は照井自身でもあるだろう。

あなたから成るしら露もこの霧も
死の風の吹く日も麦の熟れゆけり
降りつづくこのしら雪も泥なりき

一句目は恋の句ともとれるが、この「あなた」もまた死者にほかならない。露も霧も死者が変じたもの。前の句集『龍宮』ではかろうじて人の姿をしていた死が、『泥天使』では露となり霧となって今や世界中に遍在している。これが照井の十年だったのだろう。

泥──水と土の混じり合ったもの。二句集を通して「泥」という言葉が頻出する。それは命の最果ての姿であると同時に、『古事記』の創生神話にあるように命を生み出す母胎でもある。『古事記』は泥を「ヒヂ」と呼んだ。伊邪那岐《いざなぎ》、伊邪那美《いざなみ》の夫婦神は「ヒヂ」から誕生した。神々も人間も泥から生まれ、死ねば泥になる。いわば生と死の寝床、それが泥だが、照井の場合、泥は今のところ死の象徴としてある。

8

泥の話をつづけたい。

熊本県の西の内海は宇土《うと》半島を境に北の有明海と南の不知火海《しらぬいかい》に分かれる。有明海は果てしない遠浅の干潟の海。一方、半島の南の不知火海には広大な干潟はなく、ただ波静かな海原が広がる。

不知火海のはるか南が水俣湾。チッソ水俣工場が排出するメチル水銀（有機水銀）廃液によってまず海水が汚染され、海底の泥が汚染され、魚や貝が汚染され、しまいには生態系の頂点にいる人間まで汚染された。水俣病である。

祈るべき天とおもえど天の病む　石牟礼道子《いしむれみちこ》

句集『天』から。『苦海浄土』で水俣病を告発した石牟礼道子（一九二七―二〇一八）は俳句から出発した。不知火海の向こう、天草の人である。命の母胎であるはずの海もその底に豊かに蓄えられていた泥も有機水銀に侵され、もはや天に祈るしかないのに天さえも病んでいる。すべてから見捨てられた患者たちの思いに寄り添い、その声を代弁する一句だろう。

企業の利益のためなら人の命も犠牲にする。最後はその企業自体が膨大な補償費を背負って自滅する。水俣病は戦後の高度経済成長(昭和三十―四十八年、一九五五―七三年)が生み出した、今なお最悪の公害病である。

手で触れるものすべてを黄金に変えたギリシア神話のミダス王のように、経済の世界には何もかもカネに換算する「ミダスの天秤」がある。かつて企業はコストより利益が多ければ、過酷な労働を強いようと公害を垂れ流そうと事業を推進した。ミダスの天秤は悪魔の天秤なのだ。

ところが水俣病が日本さらに世界への警鐘となって、どれほど利益が見込まれようと、人間の生命や健康、地球の環境を犠牲にする経済活動を企業はやってはならないという新しい常識が生まれた。

この世界にはカネに換算できない、天秤にかけてはならないものがあるという考え方である。選択してはならない選択肢。人類は苦い経験を重ねて、そのリストを作りつつある。

古典的なものからあげると、まず奴隷売買。次に戦争。第一次世界大戦がもたらした大正バブル、朝鮮戦争による特需景気、満州事変に端を発する昭和戦争も不況打開が最大の目的だった。戦争はカネになる。しかしカネになるからといって戦争をしてはならない。

原子力発電はどうか。チェルノブイリ（旧ソ連、現ウクライナ、一九八六年）、フクシマ（日本、二〇一一年）のように原発事故は一企業では償えない被害をもたらすだけでなく、人間や環境に取り返しのつかない影響を与える。もうじき除外リストに入るだろう。

奴隷、戦争、公害、原発……。では除外リストを決めるのは誰か。西洋風にいえば人間の理性、東洋風にいえば天地の道理。その道理を通すのが政治である。果たして政治は道理を通しているか。

9

新型コロナウイルスと闘うのではなく共生を――。去年の春「コロナとの共生」がいわれはじめたとき、これからはコロナウイルスの存在を前提として人類の生活や文化を変えてゆくのだと多くの人は思ったはずである。

ところが政府のとった方針は既存の経済を回しながらコロナ対策をとるという「既存経済と

の共生」だった。それさえいつの間にか「経済優先」にすり替えられ、「Go To トラベル」「Go To Eat」という見当違いな政策まで打ち出された。

人々が移動すれば感染が拡大するのは目に見えているのに、業界に泣きつかれれば人々の移動を煽《あお》る政策をとる。この誤った選択が感染爆発を招いてしまった。

政府は人の命と経済を天秤にかけて経済を選んだことになるだろう。景気浮揚のためには感染者と死者の増加もコストと考えたということである。この判断を正当化するため、コロナ対策を強化して経済が停滞すれば自殺者が増えるというまことしやかなデータまで用意された。

コロナ感染症は生命と健康を損なう、経済以前の問題である。それなのになぜ厚生労働大臣より経済再生担当大臣が目立っていたのか。政府にとってコロナ問題は最初から経済問題だった。ここでも政治は道理を通さなかったのではないか。

自分がウソをつくだけでなく、官僚や秘書にもウソをつかせる。元法務大臣夫妻が大金を使って有権者を買収する。現役の大臣が賄賂の現金を大臣室で受け取る。こんな人物がなぜ国会議員に選ばれるのか。有権者が選ぶからである。では有権者はなぜそんな人物を選ぶのか。

君主制では君主の意思が国を動かすが民主制では有権者の総意で国が動く。君主は一人だが有権者は多数いるので選挙をして意見を集約する必要がある。問題は選挙で一票を投じる有権者が二百年の間に様変わりしてしまったことだろう。

アメリカ独立戦争(一七七五―八三年)そしてフランス革命(一七八九―九九年)。近代民主主義は十八世紀後半に起こった二つの市民革命からはじまった。初期の民主政治の有権者はブルジョアジー(有産市民)にかぎられていた。彼らは政治の新しい担い手として、かつて君主が身につけていたもの、生活様式や文化さらに良識といわれるものを、成り上がり者と笑われながらも学ぼうとした。この良識の上に成り立っていたのが初期の近代民主政治である。

ところが二十世紀に入ると有権者が徐々に拡大し、選挙の大衆化が進んだ。今では日本の場合、十八歳以上のすべての男女が選挙権をもっている。これらの有権者が君主の良識、それに学んだブルジョアジーの良識を学ぼうとしているか。良識によって一票を投じているか。

民主主義は国家運営の負担、税金と兵役を負う者が国家主権を握る制度である。つまり市民革命当時から選挙は大衆化する運命だったのだ。ところがそれによって良識の上に建っていた近代民主主義は崩れはじめ、瓦礫の中から大衆迎合政治(ポピュリズム)が登場する。

トランプ政権の悪夢の四年間はこうして近代民主主義の聖地アメリカで出現した。煽られて暴徒と化したトランプ支持者が連邦議会議事堂を襲撃する映像を想い浮かべながらこの原稿を書いている。

第七章　理想なき現代

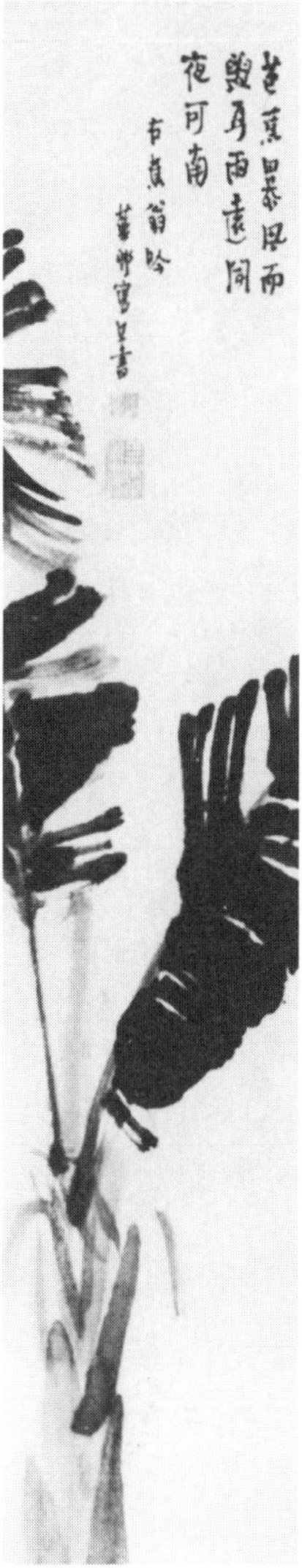

芭蕉暴風而　盥耳雨遠聞夜可南　右蕉翁吟
（芭蕉野分して盥に雨を聞く夜かな）
芭蕉句、蕪村画賛

1

南無金剛病魔退散白団扇　櫂

新型コロナウイルスが猛威を振るいはじめた昨年(二〇二〇年)春、すべての句会をインターネットの会議システム「ズーム」に切り替えた。家にいてできるネット句会の最大の利点は遠くの人も参加できること。じっさい国内の遠隔地だけでなく海外、タイやアメリカからも参加者がある。

コロナ以前から句会は将来ネットに移行すると考えていた。ただそれには二、三十年はかかるとみていたのだが、あっけなく実現してしまった。俳句が「座の文芸」ならネット句会は新しい座の形だろう。

いつかコロナウイルスが消滅して生活全般もとどおりになると、はかない望みを語る人もいるが、かりに抑え込めたとしてもマスクに手洗いの生活は変わらない。それがコロナと共存するということではないか。

咲きみちて花に溺るる桜かな　櫂

それでも一堂に集まって開きたい句会がないわけではない。その一つが二十年以上つづけた吉野山の桜の句会である。中千本の名旅館、櫻花壇は数年前に閉じたが、あの百畳の大広間から谷を隔てて見わたす花ざかりの吉野山の眺めはすばらしいものだった。

これは〳〵とばかり花の吉野山　貞室

貞室のこの句のとおり。去年は旅館を予約していたのだが直前に取りやめた。今年も予約はしてあるが、この原稿を書いているのは一月、どうなることか。

民主主義の話をつづけたい。民主主義は手間のかかる政治形態である。第一に政策が決定するまで面倒な手順と長い時間が必要である。

第二に議論して決めた政策が必ずしも正しいとはかぎらない。逆に最悪の選択をしてしまうこともある。ナチス(国家社会主義ドイツ労働者党)政権は史上もっとも民主的といわれたワイマール共和国で誕生した。いい鳥か悪い鳥か、卵のうちは親鳥にも見分けがつかない。ただ一つ民主主義がほかの政治形態より優れているのは、政治の成功も失敗も「自分たち国民の責任」と認めざるをえないこと。なぜならその政府を選んだのは当の国民だから。これは「政治家が悪い」「リーダーが悪い」と他人のせいにしてしまうよりはるかに健全だろう。

第二次世界大戦直後、イギリス首相ウィンストン・チャーチルはある演説（一九四七年）で「民主主義は最悪の政治形態である」といった。ただし「これまで試みられてきた民主主義以外のあらゆる政治形態を除けば」という条件つき。たしかに民主主義は最悪だが、絶対君主制や一党独裁制などほかの政治形態よりはるかにマシなのだ。

チャーチルの演説からすでに七十五年の歳月が流れ、政治の大衆化は極限に達している。トランプ政権のアメリカのような大衆迎合政治（ポピュリズム）の出現を防ぐ手立てはないのか。それは有権者がトランプのような扇動者に踊らされないという一事に尽きるだろう。

2

今はどんな時代なのか。どんな世界で生き、死んでゆこうとしているのか。なぜそれが知りたいかといえば、人間はおそらく宇宙の唯一の意識だからである。宇宙は人間の意識を通して宇宙自身の姿を眺めている。だからこそ人間は世界と時代について知り記憶する使命がある。文学はその一つの方法だろう。

第二次世界大戦後の二十世紀後半は東西冷戦の時代だった。世界の国々は資本主義、マルクス主義という二つのイデオロギーに引き裂かれて敵対した。イデオロギーとは一言でいうなら人間が作り上げた自由、平等という観念の構築物、化け物である。なぜ人間は自分が作った化け物に支配されることになったのか。

十八世紀後半、二つの市民革命によって民主主義が誕生したとき、兄弟姉妹も次々に産声をあげた。まず民主国家の枠組みを定める憲法、同じ意見の有権者が集まる政党、多数の有権者の意見を一つの世論にまとめる新聞などである。

新聞の使命は真実の報道であると新聞を作る人も読む人も信じている。しかしこれはちょっと違う。いくつかの新聞を読み比べてみれば、すぐわかるだろう。もし真実の報道が新聞の使命なら、なぜ同じできごとの扱いが新聞によってこうも違うのか。ある新聞が一面のトップにしている記事が別の新聞では中面のベタ記事だったり、ときには載っていないこともある。

なぜそんなことが起こるのか。新聞の発生に遡ればわかる。新聞は近代市民革命によって膨れ上がった多数の有権者、当時のブルジョアジーたちのさまざまな意見を世論としてまとめるために生まれた。そこで新聞は主義主張をはっきり打ち出し、その旗のもとに有権者を集めようとした。

新聞の第一の使命は真実の報道ではなく世論作りなのだ。新聞にとってもっとも重要なのは社会面でも政治面でも経済面でもなく、いちばん読まれない社説である。社説こそ新聞の起源なのだ。

むしろ新聞は自分たちの主張を正当化するために「われわれこそが真実を報道している」と標榜するようになった。その結果、ニュースを大きく扱ったり小さくしたり、ときには無視したりする。これが行き過ぎると、ニュースの捏造や「やらせ」が起こる。ほかの媒体、雑誌もラジオもテレビもインターネットもこの延長上にあるだろう。

憲法、政党、新聞。これらはみな市民革命とともに誕生した民主主義の大道具だが、民主主義が最終目的とする人間の幸福、それを支える二つの理念である自由と平等もこのとき生まれた。この双子の赤ん坊(博愛を入れて三つ子?)は生まれたときフランスの三色旗に仲良く並んでいたのである。

ところが十九世紀の帝国主義時代に入ると、自由と平等は欧米列強の軍艦と商船に積み込まれてアジア、アフリカ、南アメリカなど世界各地へ運ばれた。故郷の欧米ではそれは市民が勝ちとった自由と平等、いいかえれば大地に根を張る自由と平等だった。ところが欧米から遠く離れて世界へ拡散(グローバル化)すると、自由も平等も根っこのない観念となって一人歩きしはじめる。

さらに世界に広まった自由と平等の観念は今度は故郷へ逆輸入され、欧米でも自由と平等の観念化が進む。その象徴が「自由の女神」である。ローマ時代、自由を神格化したリベルタスという女神がいた。このリベルタスが観念化した自由の権化として蘇る。ドラクロアの「民衆を率いる自由の女神」(一八三〇年)も、アメリカ独立百周年にフランスから贈られたニューヨークの「自由の女神」(一八八六年)もこうして生まれた。

二十世紀に入ると、自由、平等という観念はどちらも樹木のような体系、イデオロギーとなって国家まで作り出す。ロシア革命(一九一七年)で誕生したソ連は平等がイデオロギー化してできた最初のイデオロギー国家だった。これに対抗してアメリカやイギリスは自由がイデオロギー化した民主主義をまとうことになる。

この両陣営が対立したのが二十世紀後半の東西冷戦である。市民革命当時、一枚の旗に肩を並べていた自由と平等は二百年後、険悪な仲の姉と妹となって世界を分断することになった。

二十世紀末、東西冷戦はソ連の崩壊(一九九一年)によって終結する。たしかに経済の次元では東のマルクス主義はソ連も中国も西の資本主義に呑み込まれた。ところが政治の次元では西の民主主義に対して東の一党独裁の全体主義が中国や北朝鮮になお残存している。

アメリカを中心とする西側の民主主義はいま二つの課題を抱えていることになるだろう。一つは国内における大衆迎合政治の台頭をどう防ぐか。もう一つは中国や北朝鮮の一党独裁の全体主義にどう対処するか。私たちが生き、死んでゆく現代とはそういう時代ではないか。

3

ゲーテはいつた
「よきものは少女の目くばせ
飲む前の酒のみのまなざし
あつたかい秋の日ざし」と

海山の静かな寝息もきこえるほど

五臓六腑に琥珀の液が
しみてゆく

始祖鳥が羊歯かきわける
ジュラ紀のころの夕焼けに立つ

二十世紀に生きてたことがあつたのを
ふと思ひ出し
美しいものを次から次へと思ひ出し

憎んでゐた敵たちとも
なつめの木陰のテーブルで
講和する気分

酒には品が大切だ

ゆったりと呼吸して、ゆっくりとものをいう。大岡信（一九三一―二〇一七）の「微醺詩《びくんし》」は題名どおりほろ酔い気分の詩である。大岡の詩を一つだけあげるとすればこの詩を選びたい。詩人としての大岡らしさが馥郁と香り立つ。とくに「二十世紀に生きてたことがあつたのを／ふと思ひ出し」というくだり。

この詩は詩集『故郷の水へのメッセージ』（一九八九年）に入っているから八〇年代の作品である。まだ二十世紀にいながら「二十世紀に生きてたことがあつた」などというところが、折口信夫流にいえば「ほうと」して大岡らしい。二十世紀にいるのを「ほうと」忘れて自分を眺めているのである。

では大岡はどこから、つまり大岡の心はどこにあって自分を眺めているのか。未来たとえば二十一世紀からと思うかもしれない。だがそれは理屈というもの。ほろ酔い加減の詩にはふさわしくない。

そうではなく同じ二十世紀の青い空から。白い雲が流れ、富士山が浮かぶ、憂愁に憑かれた天人や氷の炎を吐くドラゴンが通る青い空から見下ろしている。そこがいよいよ大岡らしい。「憎んでゐた敵たちとも／なつめの木陰のテーブルで／講和する気分」とあるのは日露戦争

（一九〇四―〇五年）の旅順陥落後、一軒の農家で開かれた停戦会議「水師営の会見」の風景だろう。日本から乃木希典大将、ロシアからアナトリー・ステッセル中将が出席した。その後、長く歌われた軍歌「水師営の会見」（佐佐木信綱作詞、岡野貞一作曲）に「庭に一本《ひともと》棗の木／弾丸あともいちじるく／くづれ残れる民屋に／今ぞ相見る二将軍」とあって、ここに「なつめの木」が出てくる。

この詩集『故郷の水へのメッセージ』刊行の年、昭和は平成となり、二年後、東西冷戦は終結した。大岡が亡くなったのはそれから二十六年たった桜の花ざかりの春の日だった。

4

「人の心、素直ならねば」とはじまる『徒然草』第八十五段。兼好法師（一二八三頃―一三五二頃）はここで人間を二つに分類している。一つは「人の賢」立派な行いを見て羨む人、もう一つは憎む人である。原文を引く。

人の心、素直ならねば、偽り無きにしもあらず。然《さ》れども、自《おの》づから正直の人、などか無からん。己れ、素直ならねど、人の賢を見て羨むは、尋常《よのつね》なり。至りて愚かなる人は、偶々《たまたま》、賢なる人を見て、これを憎む。「大きなる利を得んが為に、少しきの利を受けず、偽り飾りて、名を立てんとす」と譏《そし》る。己れが心に違へるに因りて、この嘲《あざけ》りを成すにて知りぬ。この人は、下愚《かぐ》の性《せい》、移るべからず。偽りて、小利をも辞すべからず。仮にも、賢を学ぶべからず。

人の立派な行いをみて羨む第一の部類の人は、自分もそうありたいと憧れる人であり、これが人として「尋常」ふつうなのだという。

ところが第二の部類の憎む人は「あれは売名のためにやっているのだ」などと謗り、さらには嘲る。兼好法師いわく、こんなヤツらは「愚かなる人」バカ者であり、その「下愚の性」腐りきった性根は死ぬまで直らない。

激しく指弾する理由がおもしろい。そんなバカ者は「偽りて、小利をも辞すべからず。仮にも、賢を学ぶべからず」。自分の本心を偽って小さな利益を辞退することも、間違っても立派な行いを真似ることはできないというのである。兼好法師のいう「まなぶ」とは「まねぶ」すなわち「まねる」ことなのだ。

怒濤の結語がつづく。

狂人の真似とて、大路を走らば、則ち狂人なり。悪人の真似とて、人を殺さば、悪人なり。驥《き》を学ぶは、驥の類ひ、舜《しゅん》を学ぶは、舜の徒《ともがら》なり。偽りても、賢を学ばんを、賢と言ふべし。

前半は説明を要しまい。「驥」とは日に千里を走るという名馬。駄馬でも名馬を真似て日に千里を走ってしまえばもはや名馬である。「舜」は中国古代の聖君。凡人が聖君を真似て同じ行動をとれば聖君と同類である。たとえ自分を偽ってでも立派な人を真似る人を立派な人というのだ。

二〇二〇年元日、大手ファッション通販の創業者が「ツイッターの自分のツイートをリツイートした人の中から千人に百万円ずつプレゼントする」という総額十億円にのぼるお年玉企画を発表した、そんなニュースが流れた。

人気獲得のために市民にパンを配ったローマ皇帝を引き合いに出すのは、この創業者が政治家ではないので適切ではないが、宴会の余興に小判をばらまいて芸者や太鼓持ちに拾わせた紀伊国屋文左衛門を思い出してもいいだろう。兼好法師の分析を当てはめるなら、これは「賢なる」立派な行いをする人とみていいのか、それとも法師の想定しなかった事態なのか。

この話をするのは創業者を羨むからでも謗るためでもない。このニュースに東西冷戦終結(一九九一年、平成三年)以後の現代の空気を感じたからであり、理想を喪失した戦後日本のカネもついにここまできたかと思うからである。

5

西洋列強諸国に侮られない立派な国を造りたい。江戸幕府が鎖国を破って国を開いた幕末、そして明治の時代精神、時代の空気を一言でいえば、それは国家主義だった。国家主義とは国家への貢献を理想とする理想主義の一つである。

では理想とは何か。人間が欲望(金銭と性)に翻弄される動物であることは前にも書いたが、理想には人間のかぎりない欲望を制御する力がある。国家主義の場合、人間は国家のために存在する、人間の欲望はすべて国家のために役立たせるべきであると考える。この国家という幕末、明治の理想はその後どうなったか。時代の空気の変遷をたどっておきたい。

最初の分岐点は意外に早く訪れた。一九一二年(明治四十五年)、明治の国家主義を一身に体現していた明治天皇が亡くなったとき、日本人は国家とは異なる新たな理想への分岐点に立っていた。ところが夏目漱石の『こゝろ』の先生が高等遊民でありながら「明治の精神に殉じる」、先生のこの自殺が象徴的に表わしているように日本人は新しい理想の可能性をあっさり放棄してしまった。

昭和に入ると明治の国家主義が変質した国粋主義が新たな時代精神となった。国粋主義は国家への貢献を理想とする点では国家主義と同じである。しかし明治の建国者たちの広い視野と健全な平衡感覚を失った、いわば狂信的な国家主義だった。明治の国家主義は「国のために生きる」ことを求めたが、昭和の国粋主義は「国のために死ぬ」ことを強いたのである。

昭和の国粋主義は一九四五年(昭和二十年)の敗戦によって終焉を迎える。このとき日本人はもう一度、国家に代わる新たな理想の可能性を手にした。それは日本国憲法のうたう国民一人一人の自由であり平等だった。

ところが不幸にも東西冷戦がこの新たな理想を封じてしまった。新たな理想の候補であった自由と平等がイデオロギーの化け物となって戦ったのが東西冷戦だったからである。日本人は自由と平等を理想とするどころか恐れた。ただ半世紀近くつづいた冷戦中、東西陣営の掲げる自由、平等は互いに牽制し合いながら人間の欲望を制御する理想として働いた。

東西冷戦は一九九一年(平成三年)、ソ連の崩壊と自由主義陣営の一人勝ちで終結する。これによって東の旗印だった平等は幻影となってしまった。一方、宿敵を失った西の自由は野放しとなり、アメリカのトランプ政権のような大衆迎合政治(ポピュリズム)の横行と経済格差の極端な拡大を招くことになった。

今人類の頭上にはぼろぼろに破れた自由と平等の旗が虚しくはためいている。

東西冷戦終結後も左右二つのイデオロギーが今なおあるかに見えるなら、それは枯野をさまようイデオロギーの亡霊にすぎないだろう。

冷戦中の日本では自由民主党(保守)と日本社会党、日本共産党(革新)の対立が長くつづいた。共産党は一九二二年(大正十一年)、社会党は一九四五年(昭和二十年)、どちらもイデオロギーの世紀だった二十世紀に誕生した。東側の共産主義、社会主義を掲げるイデオロギー政党である。共産党は今もあるが、社会党はソ連崩壊による冷戦終結の五年後一九九六年(平成八年)に分解した。立憲民主党、社民党はその流れを汲む。

一方の自民党は冷戦時代一九五五年(昭和三十年)に誕生した。党名に自由、民主とあるから西側のイデオロギー政党かと思えば、実体はどうもそうではない。自民党は発足以来一貫して国民(しばしば特定の集団)の欲望実現をめざす「欲望実現政党」だった。だからこそ野党にとっては手強いのだ。もっと意識的に国民大衆の欲望実現を打ち出しているのが、二〇一五年(平成二十七年)に大阪で設立された維新の会ではないか。

さて国家主義の時代、経済もまた国家建設のために動いていた。日本経済の基礎を築いた渋沢栄一は『論語と算盤《そろばん》』にこう書いている。

事柄に対し如何にせば道理に契《かな》ふかを先づ考へ、而して其の道理に契つた遣方《やりかた》をすれば国家社会の利益となるかを考へ更に此《か》くすれば自己の為にもなるかと考へる、さう考へて見た時、若《も》しそれが自己の為にはならぬが、道理にも契ひ、国家社会をも利益するといふことなら、余は断然自己を捨《す》て、道理のある所に従ふ積りである。

経済における明治の国家主義がみごとに要約されている。ここに立って眺めれば、渋沢のいう「国家社会の利益」という理想を失い、それに代わる新たな理想も見出せなかった現代の日本の姿が浮かび上がる。何の理想もない膨大なカネが日本中を飛び交っている。これが今の日本人が生き、そして死んでゆく社会の実態ではないか。

「十億円お年玉企画」のニュースを聞いてそんなことを考えたのだった。

6

詩人大岡信は一九九三年(平成五年)、パリ郊外のホテルで脳梗塞で倒れた。東西冷戦終結の二年後のことである。日本航空に搭乗を拒否されたため、急遽エールフランスで帰国するとリハビリ生活に入った。その甲斐あって、また海外へも講演に出かけるまで回復した。

ある年の夏、大岡さんと「三つもの」を作ることになった。「三つもの」とは発句《ほっく》、脇、第三だけで終わらせる三句きりの連句である。昔から正月などめでたい席での祝言だった。まず大岡さんが私の俳句から一句を選んで発句とし脇を添える。その脇に私が第三を付ける。こうして六つの「三つもの」が完成すると、夏の終わりに富士山の裾野にある大岡家の山荘に集まって墨で書いて遊んだ。

冬深し柱の中の濤の音　　櫂
舌にとろりと溶ける煮こごり　　信

熱燗をちびちびとやる友もがな　　　　　　　　　　　　耀

葉先より指に梳きとる蛍かな　　　　　　　　　　　　耀

鯰静かに産卵しをり　　　　　　　　　　　　信

天が下濁れるうちぞおもしろき　　　　　　　　　　　　耀

そのうちに大岡さんの病状が進み、胃瘻《いろう》つまり腹から胃に通した管から栄養物をとるようになった。喉を使わないので乾燥し、やがて口がきけなくなった。

あれほど豊饒な数々の詩を残し、あれほど雄弁な批評を書いた人の無言の最晩年を、古代ギリシア人なら詩歌の神アポロンが詩人の才能に嫉妬したと嘆いたにちがいない。しかし本人は一向に気にしているようすはなかった。

驚くべきことが二〇一七年(平成二十九年)四月の死の直後に起こった。「大岡信ことば館」の閉館が突然決まったのである。「ことば館」は八年前(二〇〇九年、平成二十一年)、教育産業のZ会が大岡の原稿や美術コレクションを譲り受けて故郷の三島駅前に開館した。

みずからはじめた「ことば館」という文化事業を、無神経にも大岡の死の直後に放り出す。

これも理想を喪失した現代の空気が生んだ茶番である。

7

小説であれ詩歌であれ優れた文学は時代の空気、時代精神を映し出す。時代の空気が作家に乗り移って書かせる、それが優れた文学なのだ。作品の登場人物だけでなく作家自身も時代の空気の中で生き、死んでゆく。

明治以来の国家という理想が失われ、人間の欲望が野放しになった戦後。その時代精神を浮き彫りにするために三島由紀夫(一九二五—七〇)の『金閣寺』をみておきたい。昭和三十一年(一九五六年)に書かれた作品である。

主人公である吃《ども》りの修行僧は小説全編にわたって何にあれほど苛立っているのか。単純な図式にすれば、修行僧は理想と欲望の板挟み(ジレンマ)になって引き裂かれているのである。彼を取り巻く人々は彼を引き裂く理想と欲望のメタファ(暗喩)として登場する。

理想のメタファはまず彼を育んだ舞鶴の寺の住職である父。金閣寺で出会う同僚の鶴川少年。鶴川が光だけで作られた彫像のように人間としての陰影が皆無なのは彼が理想のメタファだからである。しかし何よりも理想の絶対のメタファは美の化身、金閣にほかならない。

これに対して欲望のメタファは父と同じく彼を育んだ母。修行僧はつまり父と母によって根源的に引き裂かれている。だから彼は吃るのだ。母は息子が鹿苑寺の後継者になるよう望んでいる。修行僧を残忍な悪へ誘う内翻足《ないほんそく》の柏木。次々に登場する欲望の魔物である女たち。隠れて女と密会をつづける鹿苑寺の老師。


理想と欲望。物語のはじめ修行僧の中でかろうじて拮抗していたこの二つのバランスが、日本の敗戦の前後から崩れはじめる。父の死、鶴川の自殺、しかし最後に残った理想の絶対のメタファである金閣が欲望に身を任せようとする修行僧の前に立ちはだかる。

初夏、嵐山の亀山公園の杜鵑花《さつき》のかげで連れの娘に手を伸ばそうとすると、

そのとき金閣が現はれたのである。

威厳にみちた、憂鬱な繊細な建築。剝《は》げた金箔《きんぱく》をそこかしこに残した豪奢の亡骸《なきがら》のやうな建築。近いと思へば遠く、親しくもあり隔たつてもゐる不可解な距離に、いつも澄明に浮んでゐるあの金閣が現はれたのである。

修行僧は舞鶴の海岸で「金閣を焼かねばならぬ」と決意する、その金閣とは自分が欲望へ走るのを阻む理想の絶対のメタファとしての金閣なのだ。

金閣を焼こうと思い立ったとき、『金閣寺』の修行僧は太宰治(一九〇九―四八)の『斜陽』のかず子と同じ位置に立っていた。『斜陽』は敗戦のわずか二年後昭和二十二年(一九四七年)に書かれた。戦後、没落した旧華族の娘は猿のように醜い作家の私生児を生もうとする。「こひしいひとの子を生み、育てる事が、私の道徳革命の完成」というのだ。

修行僧が金閣を焼くことと、かず子が私生児を生むことは同じ意味をもっている。修行僧もかず子も、さらに三島も太宰も戦前の理想を捨てて戦後の欲望の世界を生きてゆこうとしていた。「一ト仕事を終へて一服してゐる人がよくさう思ふやうに、生きようと私は思つた」。『金閣寺』はこの一文で終わる。

だが三島も太宰もその後の人生をそうは生きなかった。太宰は『斜陽』を書いた一年後、玉川上水で情死した。太宰は水ではなく欲望に溺れ死んだのである。

一方の三島は『金閣寺』を書いてから陸上自衛隊市ヶ谷駐屯地での割腹自殺(昭和四十五年、一九七〇年)まで十四年も生きた。しかもその間、金閣を焼くのではなく、いわば金閣に立てこもって戦いつづけた。

それは東西冷戦（一九四五―九一年）の最中だったが、三島が戦いつづけた相手は冷戦下の日本国内の左派（マルクス主義者）ではなく、理想を喪失したいかがわしい戦後の欲望社会、そして戦後の日本人そのものだった。その絶望的な戦いの終着点が割腹自殺だった。

三島は金閣を焼く修行僧とは反対に最後まで理想主義者であろうとした。ただし三島が奉じた理想とは日本は万世一系の天皇によって統治されてきた皇国であり、これからもそうでなければならないとする皇国主義だった。これは明治の国家主義、戦前の昭和の国粋主義がさらに観念化した、いわば超国粋主義である。

『金閣寺』は三島が生きなかった、いや生きるつもりなど毛頭なかった別の人生を描いた小説なのだ。

8

大空はきのふの虹を記憶せず　　櫂

墓の話をしよう。

人間は死ねば肉体だけでなく精神、魂も消滅する。いや精神は肉体よりもすみやかに消え去る。遺された肉体がどこに葬られようと、どこで行倒れて野ざらしになろうと、すでに消滅している精神は痛くも痒くもない。

愛する人の亡骸を見て嘆き、どう葬るかあれこれ思い悩むのはいつも遺された家族や友人である。墓は死者のためにあるのではない。生者のためにある。生者の嘆きのよすがなのだ。

映画『猿の惑星』(一九六八年、フランクリン・J・シャフナー監督)の最終場面、海岸を馬で逃走するテイラー大佐(チャールトン・ヘストン)が見たものは彼に衝撃だっただけでなく、観客にとっても衝撃的だった。そこには傾いた自由の女神が半ば砂浜に埋もれて人類の墓標のように立っていた。人類の滅亡後にはあの自由の女神のような人類の墓標が地球のあちこちに残されるだろう。

ピラミッド、始皇帝陵、仁徳天皇陵、タージ・マハルのような巨大な墳墓から草に隠れたささやかな墓まで太古の昔から人類は墓を立ててきた。なぜ人間は墓を立てるのか。人間が魂の不滅を信じたからである。永遠の命という幻想の器、それが墓なのだ。ではなぜ魂の不滅を信じたのか。それは人間が言葉を使う動物だったからである。

言葉をもたない動物の死体は野ざらしになる。墓を立てる動物はいない。ところが人間は言葉によって目の前にあるものだけでなく目の前にないもの、地球上の遠くのもの、宇宙の果て、さらに空間ばかりか時間も超越して過去や未来まで想像できる。同じように現世だけでなく誕生前の前世や死後の来世までありありと想像するようになった。まさに言葉という想像力の翼を得て人間は生死の境を越えてしまった。

人類の文明はこのように目に見えるものだけでなく見えないもの、現世のみにかぎらず前世や来世までも土台にしている。極楽浄土という言葉があれば、そのような仏国土はどこにもなくても、蓮の花が咲き、阿弥陀如来が瞑想する荘厳な極楽浄土を夕焼けのかなたに実在するかのように想像できる。

仏は常に在《いま》せども、現《うつつ》ならぬぞあはれなる、人の音《おと》せぬ暁《あかつき》に、仄《ほの》かに夢に見え給《たま》ふ

後白河法皇（一一二七―九二）が編纂した『梁塵秘抄』を開くと、仏の国を讃える法文歌《ほうもんか》が並んでいる。人間はみな現世という現実の世界に生きていると思っているかもしれないが、じつは前世や来世というフィクションつまり幻想をたっぷりと含んだ世界で生きている。

だからこそ人間は墓を立てる。墓は来世という幻想の上に立っている。

9

熊本県の小さな町の裏山に、山桜に囲まれた先祖代々の墓があるという話はすでに書いたが、墓が死者のためでなく生者、家族や友人のためにあるのなら飛行機に乗ってゆくそんな遠方ではなく近所にあるほうがいい。

そこで今住んでいる藤沢市の近くに墓地を探しはじめた。二〇一八年(平成三十年)春に皮膚癌とわかる以前のことである。最初に考えたのは藤沢駅から二駅、北鎌倉の鎌倉街道沿いに並ぶ二、三のお寺の墓地である。東慶寺や浄智寺は四季折々の草花を植えた庭があるので、ときどき散歩する。

ただこの辺は谷間のせいか、杉や檜の陰鬱な針葉樹が空を覆っていて墓地は苔むし、しっとりと静かだが、別の言い方をすればジメジメしている。あそこに葬られれば白骨となって壺に収まっていても不快なのではないか。蛇が擦り寄ってきたりゲジゲジに這い回られでもしたら安らかに眠るどころの話ではない。

死んでしまえば精神も消滅するのだから、蛇に絡まれようがゲジゲジがうろつこうが恐れる理由はないのだがイヤである。矛盾といえば矛盾だが、精神は消滅するとわかっていても死後をあれこれ想像する、この矛盾から人類の文明が生まれたと思えば、蛇やゲジゲジを案じるのも俳句の足しくらいにはなるかもしれない。

墓はからりと乾いた土地がいい。そういえば鎌倉七里ヶ浜にある仕事場のマンションの隣、相模湾を望む南向きの傾斜地が墓地になっている。ところが東日本大震災のとき、目の前の海がずっと沖まで潮が引いて黒々と海底が現われたという話を聞いてやめにした。大津波で墓地ごとさらわれてしまうのも空恐ろしい。

そうこうするうち、円覚寺の管長、横田南嶺老師にお会いした。円覚寺も北鎌倉の谷にあるが、老師の明朗な叡智の照らす土地であれば、蛇もゲジゲジも恐れるに足りない。幸い空きがあるらしい。

円覚寺の門前には「こまき」という和菓子屋があって墓参りの帰りに立ち寄るには打って付けである。昨年(二〇二〇年)春、話を進めようとした矢先、コロナ騒ぎに巻き込まれて頓挫したままになっている。

第八章　安らかな死

みやこの花のちりかゝるは光信か
胡粉の剝落したるさまなれ
又平に逢ふや御室の花さ〔ざ〕かり
蕪村句、画
逸翁美術館蔵

1

安らかな死はあるのだろうか。

子どものころ読んだギリシア神話に忘れがたい話がある。最高神ゼウスが息子の伝令の神へルメスと旅していたとき、ある老夫婦が二人を神とは知らず温かくもてなした。妻はバウキス、夫はピレモン。その心根に感心したゼウスはお礼に夫婦の望みを叶えてやる。

老夫婦がともに望んだのは二人同時に死ぬことだった。古代ローマの詩人オウィディウス（紀元前四三―紀元後一七？）の『変身物語』（中村善也訳）から引くと、

ふたりが心をひとつにして、ながの年月を過して来たのですから、ふたり同時に死にとうございます。妻の葬いを見たくもありませんし、妻の手で埋葬されたくもないのです。

願いは叶えられた。やがて死期が訪れたとき、互いの体に木の葉が茂りはじめ、二人はたちまち二本の木に変じた。

ふたりは、生きているかぎり、神殿の番をした。老い衰えたふたりが、たまたま神殿の階《きざはし》の前に立って、土地の昔話をしていたとき、バウキスがふと見ると、ピレモンの体から木の葉が出はじめていた。老ピレモンの側からしても、バウキスが葉をつけてゆくのがわかった。すでに、梢がふたりの顔をこえてのびていたが、できるあいだは、言葉を交わしあった。そして、「さようなら、妻よ!」「さようなら、夫よ!」といいあったと同時に、群葉の茂みが彼らの口を覆い隠した。

二人はなぜ同時に死ぬことを望んだのか。荒々しい樹皮が二人の体を覆ってゆく挿絵を見ながら思った。死によって無に呑み込まれ、二人ばらばらになるのなら、せめて同時にそうなりたいと願ったのだ。

今も、あのピテユニアの住民は、ふたりの体から生じた、隣りあった木を示してくれる。

互いに寄り添って青空にそよぐ二本の樹。オウィディウスはこの話の終わりにそう書きとめている。

地上にある人間にとって何よりもよいこと、それは生まれもせず
まばゆい陽の光も目にせぬこと。
だが生まれた以上は、できるだけ早く冥府《ハデス》の門を通って、
うず高く積み重なる土の下に横たわること。

古代ギリシアの詩人テオグニス(紀元前六世紀)の『エレゲイア詩集』(テオグニス他著、西村賀子訳)から。書き写しながら気づいたのだが、「できるだけ早く」を今まで「まっしぐらに」と思いこんでいた。「できるだけ早く」は文字どおり早いうちにの意味だが、「まっしぐらに」となると脇目も振らず、あれこれ考えずという意味になる。大いに異なるが、私の記憶に沿って話を進めたい。

人間は生まれてこないのがいい。もし生まれてしまったら生や死などつまらない問題に思い悩まぬうちに、さっさと死んでしまうのがいいというのだ。たしかに言葉をもたない動物なら、いわれなくてもみなそのように死んでゆく。

しかし言葉をもつ人間はそうはゆかない。生きるという言葉、死ぬという言葉を知ったとたん、生とは何か死とは何か考えはじめる。そうなると人間が安らかに死ねる道はおそらく一つしか残されていないだろう。

人生が長かろうが短かかろうが、生と死について考え抜いたあげく、安らかな死などどこにもないという深い諦念の中で最期を迎える。これが人間らしい唯一の死に方ではないか。

2

みな鰻を食ひに行つてしまつた夜更け、独り詠《うた》へる。その昔ポンタリエの田舎でabsinthe《アブサン》の旧醸造所を見学したことがある。とある農家の納屋の片隅にガラスの蒸留器が埃《ほこり》をかぶつてゐるだけ。苦蓬《ニガヨモギ》で造るこの高貴な緑の酒は溺れれば中毒となり、やがては死に至る。人いはく忘憂の精《スピリット》。酔ひの波間に命もろとも憂ひよ、さらば。　櫂

昨年(二〇二〇年)十一月、富士山の麓の裾野市で「しずおか連詩の会」が開かれた。連詩と

は詩人大岡信が連歌、連句（歌仙）にならってはじめた詩の共同制作である。連衆（参加者）が五行、三行の詩を交互に四十編付け合う。「しずおか連詩の会」も大岡が主宰した。

大岡亡きあとは詩人の野村喜和夫が主宰していて、昨年は野村のほか三浦雅士（批評家）、巻上公一（詩人、ミュージシャン）、マーサ・ナカムラ（詩人）、そして私が集まった。

題して「天女《てんにょ》の雪蹴《ゆきけ》りの巻」。ここに引いたのは二十五番目に私が出した五行の散文詩である。四十編の中にはこんな詩があった。

まるく縁取られた秋の日の琥珀を出て
つぎの世への熱そのままに
きらきらしながら別れましょう
とぼくは言ったのだ　生まれずにすんだわが子たちよ
さあ出発です
喜和夫

人生には喜びや楽しみだけでなく悲しみや苦しみがつきまとう。いよいよ幕が降りるとき、双方を秤にかければ悲しみと苦しみのほうが重いのではないか。にもかかわらず「人生は喜びにあふれている」と考えるなら、それは生きていることを正当化しようとしているだけのことだろう。人間はいつも言葉によって自分を正当化しながら生きているのだ。

人間にとって生まれないのが最大の幸福であるという考え方は人類が誕生したときからあった。仏教は人間の苦しみを生老病死の四苦《しく》に分類する。そのうち老、病、死はわかるとしても、なぜ生、生まれることが苦しみなのか、しかも四苦の筆頭に置かれるのか。それは生こそ人間のあらゆる苦しみの根源であるという遠大な思想に基づいている。

テオグニスの詩はまさにその一変奏であるし、野村の「生まれずにすんだわが子たちよ」もそうだろう。ただ「生まれなければよかった」と一人で思っているうちは感傷にすぎないが、その感傷は「人間は子どもを産むべきではない」という主張へと発展する。それを「反出生主義」(antinatalism)というのだそうだ。

南アフリカの哲学者デイヴィッド・ベネター(一九六六―　)は、人間は害悪そのものであるという。苦痛、失望、不安、悲嘆、死は存在する人間にだけ起こる。存在しない、生まれなかった人間には起きない。だから子ども自身のことを考えるなら子どもは産むべきでない。さらに人間という害悪の総計である人口について理想的な人口はゼロであり、人類絶滅へ向かってまず段階的絶滅を提唱する(*Better never to have been*, 2006.／小島和男、田村宜義訳『生まれてこないほうが良かった』)。

人類は宇宙が宇宙自身を眺める唯一の意識である。人類の絶滅は核戦争、気候変動、疫病であれ、段階的絶滅であれ、宇宙が唯一の意識を失い、またもとの永遠の無に戻ることにほかならない。それがベネターのいう害悪のない穏やかな状態だろう。反出生主義とは人類誕生以前の無を目指しているのだ。

しかしながら理路整然としていて、それゆえに人間そしてその集合である社会を見誤っているのではないか。というのは人間自体が論理的にできておらず、矛盾や破綻や飛躍だらけの愚かな存在だからである。

非論理的な人間を何とか論理的に理解しようとするのが哲学だが、論理一辺倒では矛盾や破綻や飛躍という人間のいちばんの妙味が抜け落ちてしまうだろう。それを豊かに抱擁してこそ人間の哲学なのではないか。この矛盾や破綻や飛躍を俳句では「切れ」と呼んでいる。

古池や蛙飛こむ水のおと　　芭蕉

芭蕉の古池の句は古池に蛙が飛び込んで水の音がしたというのではない。蛙が水に飛び込む音を聞いて心に静かな古池の面影が浮かんだという句だった。いいかえればこの句は蛙が水に飛び込む現実の音と古池という心の世界、互いに次元の異なる二種類の言葉でできている。ここで論理的には永遠にすれちがうしかない二つの世界（矛盾、破綻、飛躍！）を何の無理もなく一句に収めているのが「古池や」の「や」がもたらす切れなのだ。

3

芭蕉の晩年は決して安らかなものではなかった。皮肉なことに原因の一つは芭蕉晩年の人生観「かるみ」だった。

四十六歳の芭蕉が『おくのほそ道』の旅へ出発したとき、胸中にあったのは濁流のようにすべてを押し流してしまう時間の猛威に対して人間はどう生きてゆくかという大問題だった。これこそ『おくのほそ道』を貫く主旋律である。

しのぶもぢ摺《ずり》の石、武隈《たけくま》の松、末の松山など、数々の名高い歌枕の惨状を目の当たりにした芭蕉は、時間の猛威をまざまざと実感する。旅の半ば、壺《つぼ》の碑《いしぶみ》（じつは多賀城碑）のくだりにこうある。

むかしよりよみ置《おけ》る哥枕《うたまくら》おほく語伝《かたり》ふといへども、山崩《くずれ》、川流て、道あらたまり、石は埋《うずもれ》て土にかくれ、木は老て若木にかはれば、時移り、代変じて、其跡たしかならぬ事のみを……

『おくのほそ道』は単なる旅の記録、紀行文ではない。芭蕉の心の遍歴を旅に託して書いたのが『おくのほそ道』なのだ。その遍歴を経てつかんだのが「かるみ」という人生観だった。『おくのほそ道』には「かるみ」の「か」の字も出てこない。しかしながら簡潔にいえば「かるみ」とは悲しみや苦しみに満ちた人生を、ベネターの言葉を借りれば害悪でしかない人間という存在を、宇宙的な高みに立って俯瞰するということではないだろうか。

人生は死と別れの連続である。その人生にどっぷり漬かったままでいれば人生はまさに害悪、嘆きの種でしかない。しかしその泥沼から抜け出して太陽や月のめぐる宇宙の高み（『おくのほそ道』にいう「日月行道《にちがつぎょうどう》の雲関」）から眺めると、人生はたちまち滑稽の相を帯びた一幕の喜劇に変じるだろう。芭蕉は『おくのほそ道』の旅の途中、このことに気づき、それをのちに「かるみ」と呼んだ。

ところが芭蕉は、本来人生観だったはずの「かるみ」をのちに俳句に応用する。これが晩年の芭蕉に身を引き裂く苦しみをもたらした。古典主義者芭蕉に古典離れを強いたからである。

4

田子の浦にうち出て見れば白妙の富士の高嶺に雪は降りつつ　山部赤人

白い富士山を田子の浦から遠望しながら、同時に雪の降りつづく山頂を間近に眺めている。遠近二つの富士山が同居する不思議な歌である。ただしこれは『新古今和歌集』に収録された形、原典の『万葉集』では次のとおり。

田子の浦ゆうち出て見ればま白にそ富士の高嶺に雪は降りける

「田子の浦ゆ」は田子の浦越しにの意味らしいが、とすると「うち出て」ではなく「見れば」にかかるのだろう。「ま白にそ」も「富士の高嶺」を飛び越えて「雪は降りける」にかかる。

まことにごつごつとして古代的な詠みぶり。万葉風といわれれば、そうなのかと思う。

ただこの形でも富士山の全容と山頂を同時に眺める遠近の混在が明らかにみてとれる。突然、目の前に現われた真っ白な富士山のすばらしさに、心がふわりと山頂まで飛んでいったかのようなのだ。

五百年後、鎌倉初期に編まれた『新古今和歌集』はこの歌にいくつか修正を加えて収録した。まず「田子の浦に」として素直に次の「うち出て」につなげた。次に「ま白にそ」も「白妙の」と改めて「富士の高嶺」にかける。

みごとなのは「雪は降りける」を「雪は降りつつ」と直したことだろう。これで山頂に降りつづける雪を目の当たりにしている感じがいっそう強まる。考えてみれば富士山に雪が降っているのなら山頂は雲に包まれている。降る雪どころか山頂自体が見えないはずである。

『新古今和歌集』編纂の中心にいた後鳥羽院(一一八〇—一二三九)も撰者の藤原定家(一一六二—一二四一)たちもこうした現実の事情をきれいに無視して、もともと赤人の歌にあった遠近の混在をくっきりと際立たせ、超現実的な(シュールな!)一首に仕立て上げた。これこそ詩であり、中世の手際であり、新古今風の洗練というべきものだろう。

そういえば小説家丸谷才一は大の新古今贔屓、後鳥羽院贔屓だった。

5

今年（二〇二一年）はコロナ禍の上、五月半ばから梅雨のような雨が降りつづいた。珍らしく青空が広がったその日、鎌倉から横浜へ抜ける朝比奈峠の近くに造成された霊園のてっぺんで、まだ雪の残る富士山がはるか西方に現われたとき、赤人の歌（『万葉集』の原歌ではなく『新古今集』の修正歌）を思わず口ずさんだ。それは赤人が峠を越えて田子の浦に出たときのように、こんなところで富士山を見ようとは思いも寄らなかったからである。しかも左右のなだらかな裾の果てまで何一つ遮るもののない、玲瓏《れいろう》たる富士山ではないか。

丸谷才一がここを自分の墓所にしたのは富士山の眺めがすばらしかったからだろう。霊園の見晴らしから下って小川を越えた高台にその墓がある。御影石の墓碑の正面にはくっきりと「玩亭墓」、裏に数行の碑文が刻んである。

丸谷才一（一九二五―二〇一二）は出羽鶴岡の人。ゆかりあつて根村家を嗣いだ。小説家、批評家。俳号は玩亭。大岡信撰『折々のうた』に「ばさばさと股間につかふ扇かな」があ

る。〔後略〕　書　岡野弘彦

ここに出てくる詩人大岡、歌人岡野と丸谷は「歌仙の会」の連衆だった。丸谷は死期を悟ったとき、大岡、岡野二人の名を墓に刻ませた。こうして大岡と岡野と丸谷、詩と短歌と小説三位一体の玩亭墓ができあがった。もし来世があれば、そこでも歌仙を巻いて楽しもうという趣向だったか。

腎盂癌といふやつが見つかつて余命数ヶ月か数年ださうです。まあせいぜい一年ぐらいでせう。

原稿を書きながらぽつぽつ身辺の整理をしてゐます。それで出て来た硯を一つ差し上げようと思ひ立ちました。母から貰つた今出来の品ですが、あなたに使つていただければ格が上るでせう。

五月《さつき》闇《やみ》いろに墨すれ客発句　玩

二伸

わたしの晩年は俳諧のおかげでずいぶん楽しいものになりました。ご厚情に感謝します。
ありがたう。

美しい洋紙にしたためた手紙が届いたのは二〇一二年(平成二十四年)の梅雨の最中だった。丸谷はその年十月十三日に亡くなった。年譜には二〇一〇年二月「胆管癌が見つかり手術」とあるから手紙の腎盂癌の二年前から癌との闘いがつづいていたことになる。

心臓発作による死は即時、別れを惜しむ暇もない。脳梗塞は後遺症で長く不自由を強いられる。それに比べると癌は余命がわかる上、頭脳は明晰なままなので丸谷の手紙の言葉を借りれば「身辺の整理」、つまり死によって肉体と精神が消滅して無に呑み込まれる前の「死に支度」ができる。丸谷はここに墓を建て、交遊のあった人々に最期の挨拶をした。

丸谷才一の最期の挨拶については、いろいろな人がすでに書いたり話したりしているのでここでは書かないが、私は「歌仙の会」を病気で引退した大岡信の後任という縁で、この手紙にあるとおり蓮の花びらの形をした母上の硯を頂いた。二冊目の句集の選句も頼まれた。

その句集『八十八句』は翌年秋の一周忌にできあがった。丸谷流の愉快な句はいくらもあるが、ここでは「金沢にて癌を告知されて帰京し、仕事場に入りて」と前書きのある句をあげておきたい。

生きたしと一瞬おもふ春燈下　玩亭

「一瞬」が丸谷の心の動きを物語る。生きたいという思いがさっと心をよぎったものの、すぐに封じたのだ。例の手紙より前に「明日退院、東京に帰り、五反田NTT病院に転院します。四月二十四日曇天」と金沢発の葉書をもらっているから、その翌日二〇一二年四月二十五日、つまり亡くなる半年前の句である。

6

さて芭蕉の話。

喜びや楽しみだけでなく苦しみや悲しみに満ちた人間の人生を、太陽や月の行き交う天の高みから見渡す。洛中洛外図屛風や物語絵巻を眺めるように。これが『おくのほそ道』の旅でつかんだ芭蕉の人生観「かるみ」だった。

のちに芭蕉はこの「かるみ」を文学、俳句や連句(歌仙)に応用しようと企てた。言葉は心から生まれるものであるから、心が軽くなれば言葉も自然軽くなるはずである。ところが言葉の「かるみ」追求は芭蕉に栄光に包まれた苦悩、そして死をもたらした。その経緯を理解するには芭蕉が生きた江戸時代前半の空気を知らなくてはならない。

応仁の乱(一四六七—七七年)以来、百三十年もつづいた内乱が終わったとき、江戸時代初めの戦後の荒野に立った日本人がまず考えたのは、内乱で破壊された王朝中世の古典文化を江戸という新しい時代に復興することだった。

この古典復興(ルネサンス)の機運こそが江戸時代前半の時代の空気だった。芭蕉はこの古典復興の空気の中で生まれて育った根っからの古典主義者だった。

芭蕉だけでなく当時の人々にとって俳句や連句自体、王朝中世の和歌を俳句、連句という新しい器に盛りつける創造的復興にほかならなかった。芭蕉の俳句も『おくのほそ道』もことごとく王朝中世の古典を踏まえ、古典の知識がなければ手も足も出ないのは芭蕉が古典復興を使命とする古典主義者であり、芭蕉の文学が古典主義文学だからである。

ただ古典主義といっても古典の踏まえ方はさまざま。芭蕉も『おくのほそ道』の旅までは古典文学に登場する人物名や物語のあらすじをそのまま露骨に俳句や連句に引用していた。

しかし『おくのほそ道』の旅で「かるみ」を会得してからは露骨な引用が影をひそめ、面影がこれに代わる。面影とは人物名を伏せたり物語の筋を変えたりして古典を暗示するにとどめる洗練された手法である。この面影によって誕生したのが蕉門最高の俳諧選集『猿蓑』(元禄四年、一六九一年)である。

ところが芭蕉はそこにとどまらなかった。近江から二年ぶりに江戸へ戻ると、さらなる「かるみ」の追求に乗り出す。一言でいえば脱古典である。そのために芭蕉は古典の世界に縁遠い両替商越後屋の手代たちを連衆に選ぶ。今なら大銀行の部課長、中間管理職の人々である。彼らが編集したのが俳諧選集『炭俵』(元禄七年、一六九四年)だった。その第一歌仙「むめがゝにの巻」から、

家普請《やぶしん》を春のてすきにとり付て　野坡《やば》
上《かみ》のたよりにあがる米の直《ね》　芭蕉
門しめてだまつてねたる面白さ　芭蕉
ひろふた金で表がへする　野坡

ここには古典の面影さえなく、あるのは金勘定と町衆の暮らしである。

芭蕉はなぜ露骨な古典の引用から面影へ、さらに脱古典へと進んだのか。たしかに古典は俳句や連句に深みをもたらす。しかしながら、いや、だからこそ古典ほど重苦しく野暮なものはない。

考えてみれば、歌仙(連句)の発句が二句目の脇以下を捨てて俳句となること自体「かるみ」の作用である。ぞろぞろと三十六句を曳きずるより発句だけのほうがはるかに身軽だろう。歌仙の脇以下が描くのは所詮この世のゴタゴタ。であればそれを切り捨てて独立した発句はこの世で何が起ころうと我動ぜずという非情の気風をまとう。

人は生きていれば必ずいつか死ぬ。たとえそれが自分であれ家族であれ、また戦争や大地震で何千人何万人死のうが、何を騒ぐことがあろうか。阿弥陀如来のように微笑みを浮かべて眺めていればいい。これが「かるみ」である。「かるみ」とは恐るべき非情の精神なのだ。

しかし芭蕉は「かるみ」に徹しきれなかった。捨てるべき脇以下、いいかえれば浮世の嘆きや悲しみを捨て切れなかった。むしろ大事にしていたのではなかったか。芭蕉の連句への執着を示唆する言葉がある。

発句は門人の中予《よ》におとらぬ句する人多し。俳諧においては老翁が骨髄と申される事毎度也。

（『宇陀法師』）

発句は自分よりうまい弟子が何人もいるが、俳諧（連句、歌仙）は自分の真骨頂というのだ。弟子が伝える芭蕉の言葉はあれほど名句の数々を詠みながら、結局「かるみ」の俳句より浮世のゴタゴタを描く連句に命を懸けていたと読める。

最晩年の芭蕉は連句から発句へという方向ではなく、連句から古典色を拭い去ること、これを「かるみ」と考えていたのではなかったか。

しかしこの脱古典は古典主義者芭蕉にとって自殺行為にほかならなかった。密かに疲れ果てた芭蕉は『炭俵』の刊行を前に終焉の地大坂へ旅立つのである。

7

芭蕉は江戸時代初期の古典復興時代（ルネサンス）を生きた古典主義者だった。ところが晩年、

『おくのほそ道』の旅でつかんだ人生観「かるみ」を俳句にも応用しようとして古典離れを試みる。古典と生きてきた人が古典を捨てる。身を引き裂くこの苦行が芭蕉を憔悴させ、死を早めたのではなかったか。

これとは別に芭蕉はもう一つ厄介な問題に悩まされていた。弟子の洒堂《しゃどう》(生年不詳—一七三七)との軋轢である。

洒堂は近江膳所の医師。元禄二年(一六八九年)冬、『おくのほそ道』の旅を終えてここを訪れた芭蕉に入門した。このとき二十二歳くらい、ともに入門した膳所衆の最年少だった。まだ珍《ちん》夕《せき》(珍碩)と号していた。何よりめざましいのは入門の翌年、膳所衆の歌仙集『ひさご』を編集したことだった。

木のもとに汁も膾《なます》も桜かな　芭蕉
西日のどかによき天気なり　珍碩

『ひさご』の歌仙五巻すべてにその名がある。翌年冬、芭蕉が江戸へ帰ると、次の年の秋には深川の芭蕉庵の食客となり、芭蕉庵で正月を迎えた。

その元禄六年（一六九三年）五月、洒堂は俳諧師として一旗挙げようと大坂に進出した。大坂では同じ蕉門の之道《しどう》（一六五九？―一七〇八）がすでに一門を構えていた。之道は薬種商で洒堂の十近く年上。のちの諷竹《ふうちく》である。

直後、芭蕉が洒堂に送った手紙がある。終始不機嫌な文面の最後は、

このごろは少し利発心もさしおこり候にやと相見え候。去冬中、拙者異見のとほり行かず候はゞ、三神をもつて通路を絶つべく候。以上

六月二十日　　はせを

洒堂丈

最近は功名心（利発心）であせっているんじゃないか。去年の冬、芭蕉庵に滞在中に言って聞かせたとおり、万事慎重にできないなら住吉明神はじめ和歌の三神にかけて破門する。

芭蕉はこの入門したばかりの若者を持ち上げすぎた。野心を煽り、俳諧師としてやっていけるのではないかと罪作りにも勘違いさせてしまった。それなのになぜ芭蕉は洒堂の功名心をこれほど責めるのか。当時の芭蕉の心境をうかがうのによい文章がある。

予が風雅は夏炉冬扇のごとし。衆にさかひて用る所なし。

（「許六離別の詞」より）

江戸詰めの彦根藩士許六が近江へ帰る際、芭蕉が贈った餞別の文章の一節である。洒堂に不機嫌な手紙を出すわずか二か月前に書かれた。

私の俳句（風雅）は夏の炉、冬の扇のようなもの。世間の人々の考えに抗《あらが》って何の役にもたたない。俳句についてこう考えていた芭蕉にとって、俳句で一旗挙げようと目論む洒堂の功名心は心底許しがたいものだった。

8

決定的な破局は次の年の元禄七年（一六九四年）秋、芭蕉最後の旅の途上、伊賀上野で起こる。八月九日、京の去来へ出した手紙の一節。

大坂より終に一左右之《これ》無く、扨ゝ《さてさて》不届者共。さながら打ち捨て候もおとなしからずと存じ候て、頃日是より洒堂まで案内致し候へば、車要《しゃよう》方より早〻待ち申すなど〻申し来たり候。一円心得難く候間《あいだ》、名月過ぎ先づ参宮と心懸け、九月の御神事おがみ申すべくと存じ候。

芭蕉は前々から洒堂と之道に「ぜひ大坂に」と誘われていた。そこで芭蕉は伊賀上野で待っていた。ところが何の音沙汰もない。不届き者どもめ。洒堂に問い合わせると、洒堂ではなく二人の間に立つ車要（車庸）から「お待ちしています」という間の抜けた手紙が届く始末。どうなっているのか納得がいかぬ。こうなった以上、大坂行きはやめて伊勢へ向かおうと思っている……と去来も驚く怒りようである。

じつは洒堂はその六日前八月三日に芭蕉に返事を出していた。なぜか到着が遅れて、芭蕉が去来に怒りの手紙を出してしまったあと届く。

之道も無事に居られ申し候。大坂も前句付に殊之外《ことのほか》うすらぎ、宗匠手前会なども御座なく候て、俳諧随分隙に御座候由承り候。猶《なお》追ひ追ひ貴意を得べく候条、早〻申し上げ候。

遅れて届いた返事を読んでどうにか腹立ちを抑えた芭蕉は大坂行きを決める。しかし去来にぶちまけた怒りの記憶はそうやすやすと消えるものではない。密かな毒薬のように芭蕉を冒し、洒堂にも感染する。

九月九日、芭蕉は大坂到着。まず洒堂の家に滞在、次に之道の家へ移った。二十八日に病で伏せるまで両門仲直りの合同句会を八席もこなしている。

十月五日、芭蕉の容態悪化、南御堂前の花屋の貸座敷に移る。十二日、死去。遺言どおり亡骸は夜、舟で淀川をさかのぼると十四日、膳所の義仲寺に葬られた。

さて芭蕉が之道の家へ移ってからというもの洒堂は見舞いにも臨終にも没後の追善法要にも姿を見せなかった。五年後、洒堂は大坂を撤退、故郷近江へ帰る。蕉門との交流も絶え、洒堂は自滅していった。

文学上の「かるみ」追求は芭蕉を苦しめ、人生観の「かるみ」は少なくとも洒堂に対しては無力だった。最晩年の芭蕉は失望を噛みしめていただろう。

旅に病で夢は枯野をかけ廻る　芭蕉

芭蕉最後の句に漂う悲壮感の背後には「かるみ」への失望があったのではないか。最後の最後まで悩みつづける。人間であるかぎり安らかな死などないのだ。

9

谷崎潤一郎(一八八六―一九六五)は俗に耽美派といわれる。しかし彼ほど時代の空気を作品に鋭敏に写し取った作家はいない。

昭和八年(一九三三年)に書いた名随筆『陰翳礼讃』は次の一文ではじまる。

今日、普請道楽の人が純日本風の家屋を建てゝ住まはうとすると、電気や瓦斯《ガス》や水道等の取付け方に苦心を払ひ、何とかしてそれらの施設が日本座敷と調和するやうに工夫を凝らす風があるのは、自分で家を建てた経験のない者でも、待合料理屋旅館等の座敷へ這入ってみれば常に気が付くことであらう。

ここに出てくる「純日本風」という言葉は、西洋化のはじまる以前の江戸文化がほんとうは中国などの外来文化の変容したものだったにもかかわらず、昭和初期の日本人はそこに純粋な日本の文化があったと錯覚し美化し郷愁を抱きはじめていたことを物語っている。この日本文化に対する幻想こそ昭和の国粋主義を生み出した時代の空気ではなかったか。

『陰翳礼讃』は明治の国家主義が昭和の国粋主義に変貌する昭和初期の時代の空気をみごとに反映した名随筆なのだ。同じように戦中に書きはじめた『細雪』（昭和二十三年、一九四八年）は戦争によって滅んでゆく古き日本への挽歌であったし、戦後の『鍵』（昭和三十一年）、『瘋癲老人日記』（昭和三十七年）は戦後出現した欲望社会の戯画的な写しだった。ことに『瘋癲老人日記』は老人文学の最高傑作だろう。

今年の春、『瘋癲老人日記』を読みながら蕪村のことを考えていた。若くして画家として立った蕪村が俳句に本腰を入れるのは四十を過ぎてから、当時の通念では老人、翁になってからである。

牡丹散て打かさなりぬ二三片　　蕪村
愁ひつゝ岡にのぼれば花いばら
遅き日のつもりて遠きむかし哉

明治以後、正岡子規は蕪村を「写生の先駆」と持ち上げ、萩原朔太郎は「郷愁の詩人」と讃えた。どちらも自分の見たい詩人像を蕪村に見ていたことになるだろう。この蕪村の俳句を老人文学として読み直せばどうなるか。そこでぼつぼつ資料を集めていたところだった。

ちょうどそのころ、軽井沢の古い山荘を引き継ぐことになって、最近手直しをはじめたばかりだ。畳と障子の「純日本風」の和室も二間あり、谷崎が嘆いた電気、ガス、水道も難なく収まっている。谷崎が『陰翳礼讃』で「純日本風」にこだわったことも、当時の日本が国粋主義へ、そして戦争へ突き進んでいったことも、今にして思えば夢のようだ。

先日、前の持ち主と話していたら、

「二十年前、娘が生まれたとき、父が山桜を植えたのですが、まだ残っているかどうか、枯れたかもしれません」

「山桜ですか。今度探してみます」

人工品種の染井吉野は百年もすれば枯れるが、野生の山桜は樹齢数百年の大樹に成長する。日本各地に残る桜の名木はみな山桜である。

山荘には南向きのゆるやかな斜面の庭があって、丈の高い木があちこちに生えている。そのどこかにうら若い山桜の木が白い花を咲かせている姿を想像した。

一度転移した癌細胞はまた転移するだろう。戦後の欲望社会の言い分そのままに「生きてさえいればいい」とは思わないが、来年の五月には山桜の花を眺めながら蕪村の原稿を書いているだろうか。

おわりに

俳句は俳句だけで終わらない。『俳句と人間』は岩波書店の月刊誌「図書」に二年間にわたって連載したエッセイ「隣は何をする人ぞ」をまとめたものである。俳句の話を縦糸にして話題は生と死、天国と地獄、民主主義の挫折、時代精神の変遷、身辺雑事に及ぶ。寄せては返す波のように、連句(歌仙)の付け句のように、そして人生そのもののように。これは『俳句的生活』(二〇〇四年、中央公論新社)以来の私のエッセイの書き方である。

連載と出版にあたっては岩波書店の松本佳代子さん、「図書」編集部、岩波新書編集部にお世話になった。連載の題字カットはグラフィックデザイナーの森岡喜昭さんにお願いした。みなさんに心より感謝の意を表したい。

二〇二一年立秋

長谷川　櫂

初出　『図書』二〇一九年十月―二〇二一年十月

「隣は何をする人ぞ」連載時の図案。森岡喜昭作。中世ロンドンの街並みを描いた木版画をモチーフに、旅先の宿で窓を開けた様子をイメージした。

俳句索引

【ア行】

【マ行】

【ヤ・ワ行】

短歌索引

【ア行】

【カ行】

【マ・ヤ・ワ行】

人名索引

長谷川 櫂

1954年熊本県生まれ．俳人．俳句結社「古志」前主宰．「きごさい(季語と歳時記の会)」代表．朝日俳壇選者．読売新聞に詩歌コラム「四季」を連載，インターネットサイト「俳句的生活」で「ネット投句」「うたたね歌仙」を主宰している．
句集に『古志』(牧羊社)，『虚空』(花神社，読売文学賞受賞)，『柏餅』『吉野』『九月』『震災歌集　震災句集』『太陽の門』(以上，青磁社)，評論集に『俳句の宇宙』(サントリー学芸賞受賞)『古池に蛙は飛びこんだか』(以上，花神社／中公文庫)，『芭蕉の風雅』『俳句の誕生』(以上，筑摩書房)，エッセイ集に『俳句的生活』『和の思想』(以上，中公新書)などがある．

俳句と人間　　岩波新書(新赤版)1911

2022年 1 月20日　第1刷発行
2022年12月26日　第3刷発行

著　者　長谷川《はせがわ》 櫂《かい》

発行者　坂本政謙

発行所　株式会社 岩波書店
〒101-8002 東京都千代田区一ツ橋 2-5-5
案内 03-5210-4000　営業部 03-5210-4111
https://www.iwanami.co.jp/

新書編集部 03-5210-4054
https://www.iwanami.co.jp/sin/

印刷・理想社　カバー・半七印刷　製本・中永製本

ISBN 978-4-00-431911-5　　Printed in Japan

岩波新書新赤版一〇〇〇点に際して

ひとつの時代が終わったと言われて久しい。だが、その先にいかなる時代を展望するのか、私たちはその輪郭すら描きえていない。二〇世紀から持ち越した課題の多くは、未だ解決の緒を見つけることのできないままであり、二一世紀が新たに招きよせた問題も少なくない。グローバル資本主義の浸透、憎悪の連鎖、暴力の応酬――世界は混沌として深い不安の只中にある。

現代社会においては変化が常態となり、速さと新しさに絶対的な価値が与えられた。消費社会の深化と情報技術の革命は、種々の境界を無くし、人々の生活やコミュニケーションの様式を根底から変容させてきた。ライフスタイルは多様化し、一面では個人の生き方をそれぞれが選びとる時代が始まっている。同時に、新たな格差が生まれ、様々な次元での亀裂や分断が深まっている。社会や歴史に対する意識が揺らぎ、普遍的な理念に対する根本的な懐疑や、現実を変えることへの無力感がひそかに根を張りつつある。そして生きることに誰もが困難を覚える時代が到来している。

しかし、日常生活のそれぞれの場で、自由と民主主義を獲得し実践することを通じて、私たち自身がそうした閉塞を乗り超え、希望の時代の幕開けを告げてゆくことは不可能ではあるまい。そのために、いま求められていること――それは、個と個の間で開かれた対話を積み重ねながら、人間らしく生きることの条件について一人ひとりが粘り強く思考することではないか。その営みの糧となるものが、教養に外ならないと私たちは考える。歴史とは何か、よく生きるとはいかなることか、世界そして人間はどこへ向かうべきなのか――こうした根源的な問いとの格闘が、文化と知の厚みを作り出し、個人と社会を支える基盤としての教養となった。まさにそのような教養への道案内こそ、岩波新書が創刊以来、追求してきたことである。

岩波新書は、日中戦争下の一九三八年一一月に赤版として創刊された。創刊の辞は、道義の精神に則らない日本の行動を憂慮し、批判的精神と良心的行動の欠如を戒めつつ、現代人の現代的教養を刊行の目的とする、と謳っている。以後、青版、黄版、新赤版と装いを改めながら、合計二五〇〇点余りを世に問うてきた。そして、いままた新赤版が一〇〇〇点を迎えたのを機に、人間の理性と良心への信頼を再確認し、それに裏打ちされた文化を培っていく決意を込めて、新しい装丁のもとに再出発したいと思う。一冊一冊から吹き出す新風が一人でも多くの読者の許に届くこと、そして希望ある時代への想像力を豊かにかき立てることを切に願う。

（二〇〇六年四月）